iFRONT

iFRONT

iFRONT

iFRONT

世紀文學

01

是星期一還是星期二 Monday or Tuesday

作者／維琴尼亞・吳爾夫Virginia Woolf

譯者／范文美

主編／鄭樹森

責任編輯／陸莉娜

美術設計／徐璽

發行人／陳雨航

出版／一方出版有限公司

地址／台北市110信義區忠孝東路五段410號3樓之2

電話／886-2-87806726　傳真／886-2-87806728

e-mail／editor@ifront.com.tw

總經銷／遠流出版事業股份有限公司

地址／台北市100中正區汀州路三段184號7樓之5

電話／886-2-23651212　傳真 / 886-2-23657979

遠流博識網／http://www.ylib.com

初版一刷／2003年1月

平裝定價／200元

ISBN　957282763-4

印刷／一展彩色製版印刷有限公司

Printed in Taiwan

〔世紀文學〕總序

二十世紀・跨世紀・二十一世紀

鄭樹森

二十世紀是戰爭的世紀。一九一四年爆發的歐戰是人類歷史上首次機械化的大規模戰爭。英國文學界菁英在此役傷亡慘重，大英帝國部隊陣亡九十萬人，因此稱為「大戰」（the great war），並有「一戰文學」之誕生。在戰壕的另一方，德語小說家雷馬克也有《西線無戰事》之作。一九三九年至四五年間，全球捲入更大規模的總體戰爭，終以人類歷史上首次原爆結束。戰後的歐洲因而有猶太裔的「滅族」（holocaust）文學、德國的「廢墟」文學、義大利的「新寫實主義」文學等；後來更間接催生五〇年代英國的「憤怒青年」、美國的「垮掉的一代」。一九六〇年代美國泥足深陷的越南戰爭則令一代人投入嬉皮文化運動，向詩僧寒山汲取靈感。在九〇年代，隨著蘇聯解體、東西冷戰結束，「社會主義現實主義」文學成為歷史陳跡。但在美國獨霸，所謂「意識形態鬥爭已然結束」的時候，年輕一輩的作家在全球零時差的狀況下，亦以不同角度切入「後冷戰」的現實。

二十世紀是科技的世紀。整行排鑄機（linotype）十九世紀末在歐美開始風行後，周刊、旬刊、半月刊等日益蓬勃，因此大量需求短篇小說，令短篇這個文類在二十世紀二戰前成為迅速茁壯的西方類型。大西洋兩岸不少作家都能以此維繫生計。在世紀末，這個傳統已風流雲散，祇剩下《紐約客》尚在堅持。但一九五〇年代後印刷技術突飛猛進，廉價平裝本因此日益普羅，也為作家帶來額外、甚至鉅額的收入。較能以故事情節引人入勝的長篇小說在書市力量的推動下捲土重來，再度成為壟斷的類型。但九〇年代網際網路的出現不單使得市場的弱勢文類（如詩、譯詩）能夠另謀生存空間，也令少數語種的文學（如愛沙尼亞）能以英語網站，在邊緣向主流發聲。

二十世紀是女性的世紀。隨著教育的全面普及，女作家隊伍的成長最為可觀。維琴尼亞・吳爾夫一九二九年發表影響深遠、堪稱女性主義宣言之《自己的房間》時，大西洋兩岸的女作家寥寥可數。一九二六年義大利女作家葛拉齊雅・黛萊達雖以卓越的小說成就獲頒諾貝爾文學獎，但她在英語文壇的備受矚目，則來自D. H.勞倫斯的大力推介。一九五〇年朵麗絲・萊辛寫非洲經驗的《青草高歌》在英國出版時，艾麗絲・莫桃珂還祇是蓄勢待發。但才不過是十年功夫，大西洋兩岸風雲急變，女作家開始撐起半邊天。及至世紀之交，女作家不再囿於「自己的房間」，在各類型的小說，從科幻到偵探，均可看到她們的身影。

二十世紀是後殖民的世紀。二戰前第三世界春雷乍響的民族主義，在二戰後老式殖民主義、帝國主義已無法抵擋。亞洲、非洲、拉丁美洲的新興民族國家在不斷抗爭中陸續冒現。而文學及文學語言更成為這些國家確立主體性的重要手段。如何在原宗主國的語言、文化、文學傳統中發出自己的聲音，成為不少作家的最大挑戰，也帶來連場論爭。弔詭的是，在世紀末，原宗主國的文壇（英、西、葡、法等）紛紛吸納、收編這些生力軍來茁壯自己。例如今天馳騁英國文壇的就有來自印度、巴基斯坦、斯里蘭卡、香港、千里達、牙買加、奈及利亞等地的作家。而拉丁美洲西、葡語文學的異軍突起，不單將這兩語種推入當代世界文壇，更為原宗主國的文學帶來旺盛生機。

二十世紀文學空前的繁富繽紛，二十一世紀初世界各地文學獎的耀目新星，我們都希望能透過〔世紀文學〕叢書的系統譯介，向華語世界的讀者，追溯世紀流變，展示一方風景。

〔導讀〕

心物互動：吳爾夫的短文實驗

周英雄

說故事以及聽故事無疑是人類本能之一。有史以來，不管是大人還是小孩，可以說都是樂此不疲。可是故事往往透過不同的敘述形式呈現，我們不宜把它等同於長篇小說，而故事與短篇小說也未必是同樣的東西。此地收集的短文小說（short fiction 或 shorter fiction）廣義說屬於故事（雖然有些篇章帶有抒情小品、素描，甚至短論的成分），可是它與我們習以為常的說故事模式大相逕庭。一方面它不屑於長篇小說背後整體性的世界觀（因為二十世紀世界分崩離析，作家嚴格講沒辦法全盤再現外界）；另一方面，它對人物的意識的掌握也有所保留（俗話說，知人知面不知心，而人際的溝通也有其不可克服之障礙）。此地的短文小說一方面企圖捕捉現實的片段，不非分追求事物整體的再現；而另一方面，短文小說著墨於生命浮光掠影的描述，不妄稱擁有人物內心深處的掌握。從個人的角度看，短文小說似乎是她長篇小說或論文的暖身（例如：〈未寫成的小說〉部分後來收入《約伯的房間》，〈是星期一還是星期二〉部分收入後來的《一般讀者》），但從另一個角度看，短文小說獨特的文類特性（特別是敘述形式與背後的認識論模式），也知微見著，反映出十九世紀末、二十世紀初歷史條件的變化，以及背後認識論的轉型。

伊安·瓦特（Ian Watt）討論英國小說的興起，認為與歷史因素有關，其中工商業的發達與中產階級的抬頭尤其重要，而啟蒙時代所揭櫫的自由主義（liberalism）思想更替小說提供了基本的哲學基礎。小說的人物泰半為市井小民（有異於早期史詩、傳奇作品中的王公貴族或英雄人物），而小說情節中的悲歡離合，背後也往往隱含作者（甚至讀者）對小人物的關懷，不管是他的一舉一動，或是他知人識世的能力，都存有相當的體認與尊重。也正因如此，十九世紀英國小說主流非寫實主義莫屬，原因即在此。

十九世紀末、二十世紀初作家班奈特（Arnold Bennett）與高爾綏渥斯（John Galsworthy）習慣把事物鉅細靡遺一一加以交代，吳爾夫（Virginia Woolf）對他們甚感不滿，並譏之為唯物作家（materialists）。嚴格說來，吳爾夫的批評顯然不盡公允，但卻常為論者樂為引述。而她驚世的宣示——「一九一二年十二月人性變了」——雖然帶有宣言的意味，因此不免有語不驚人死不休之嫌，未必完全符合史實，可是也同樣常為後人所津津樂道。從這兩件事看來，在吳爾夫的眼中，人與外界的關係此時此刻已經發生了某種質變，個人與世界不再完全貼切，兩者的關係不但不再是主體與客體的從屬；心物的互動其實相當微妙，兩者相互滲透、感染，而介乎兩者之間的意識（或意向性）或語言動作也因而扮演了相當重要，而卻又難以掌握的角色。這個集子中的短文小說所試探的，正是這個有關現代人接觸世界、再現外界的難題。而小說本身帶有強烈的後設性，也具體呈現寫作的困境。換句話說，讀者閱讀這些短文小說，不但可以捕捉到吳爾夫寫作當時社會的一鱗半爪，並且還可以具體而微體驗到寫作本身的種種難處。

當然，這並不表示吳爾夫這種實驗前無古人後無來者；吳爾夫所扮演的無疑是個承先啟後的角色。佩特（Walter Pater）的唯美主義（aestheticism）主張尤其值得一提。一反當世用道德與實用觀點看藝術的作風，佩特主張為藝術而藝術。他的主張影響了十九世紀末諸如王爾德（Oscar Wilde）、摩爾（George Moore）等作家。他們堅持作品的內在美學品質，做法與吳爾夫也可以說是不謀而合：文學著眼於自我世界的經營，文字的功能不外要創造所謂「寶石般的火焰」，不再附庸於外界，也不再尋求客觀現實的反映。

就主題而言，這個集子的短文涵蓋的不外是個人的周遭生活瑣事，以及這些瑣事所引發的種種遐想。遐想所涉可為身邊小事（如〈牆上的斑點〉）也可遠及天下大事（如一九一九年六月二十八日簽訂的巴黎和約，詳見〈未寫成的小說〉）。就種類言，集子裡的小說處理的對象大致包括：外界游移不定，難以捉摸（〈實在的物體〉）、個人對外界的反應以及私人語言（〈未寫成的小說〉）、事實（facts）相對於真理（truth）（詳見〈是星期一還是星期二〉）、後設（metalingual）（相對於寫實）之敘述方法（詳見〈未寫成的小說〉、人物之漫畫素描（caricature）（相對一般短篇小說人物心理的描繪）（詳見〈狩獵會〉、〈萊賓兔與萊賓兔娃〉）等。底下稍作簡單介紹。

〈實在的物體〉描寫兩個人在海灘上找到一塊玻璃，玻璃碎片談不上有什麼價值，當然有別於行家收集的瓷器，可是玻璃碎片一樣具有歷史的面向，一樣對生命有所啟示：生命到底是堅實可靠，還是游移難捉？而更值得我們思考的是：世俗人認為微不足道的小東西卻往往會闖進人的生命，並改變人的一生。故事中的兩個人本來想在政界一展抱負，可是其中一個人自從發現了海灘的玻璃片之後，人生的目的整個改觀，國會議員不選了，人整個失蹤，人生唯一的目的是要尋找可遇不可求的玻璃碎片。小說沒有完整的敘述結構，人物輪廓也模糊不清，可是心物的互動卻也引人深思，讓人覺得生命微妙，而命運也難以自控。換句話說，談人生目標、功名成就，甚至過去與將來，都嫌虛幻，真真確確的唯有當下，如何讓生命聚焦於具體可求的現實，進而創造所謂的「寶石般的火焰」，這才是人生的真諦，看法充分體現了佩特的美學理論。

我們都知道，敘述能滿足人類追求完美的本能，而故事有頭有尾，講究起承轉合，本有它的哲學基礎。具體而言，西方文學不論史詩、傳奇或小說都免不了有其完整性，甚至都具有衝向結局的能量，讓讀者不能自已。此外，說故事本身即有它的公眾性，早期說書的場景如此，後來活版印刷問世，雖然閱讀變成了私人活動，可是小說描繪的仍然不外中產階級的經驗，有人說小說是窮人的史詩，描述市井小民的悲歡離合，原因即在此。吳爾夫的短文小說談的大抵是私人的體驗，而不是公眾經驗，使用的語言饒富個人的實驗，嚴格說也不算是公眾語言，用的是所謂的「祕密的語言」或「小語言」，有時幾乎是一種「非人類的聲音」，也唯因如此，說她在主流小說之外另闢蹊徑，其實也不為過。這個集子其實有不少的故事都從個人的語言切入，探討私人的經驗，並暴露內心與外界的落差。〈是星期一還是星期二〉表面描述一隻蒼鷺掠過田野，充滿疑惑，無法掌握世界，它的困境與人的心智活動並無二致，而外界的奧祕是無法盡窺的，也就是說，事實（facts）與真理（truth）不必然相同。儘管如此，人終歸還是要活在當下，而掌握此時此刻的精髓，無疑也賦予生命某種的圓滿。

〈邱植物園〉同樣也處理心靈與外界的互動，外界具有過去的歷史與將來的展望，可以說錯綜複雜，不易釐清，更何況文字翅膀短小，而意義卻身軀笨重，無法承載如此的重荷之餘，因而只好笨拙地降落在周遭凡俗的事物上。儘管這些事物看來並不起眼，可是它們內裡卻隱含無限的意涵，一般的心智恐怕也僅能略知其一二。遊園的客人各有他們的故事與歷史，這些故事與歷史儘管各有它們的實質與色彩，可是終歸會被大自然所掩蓋。吳爾夫的結論是：語言不過是沒有文字的聲音。而此地的敘述不僅是對內心於外界吉光片羽的捕捉，從後設的層次看，這些短文小說毋寧也是另一種敘述的模式。

我們平常談敘述往往聯想到的是，事物先後或因果的結構，甲先前做了什麼，導致乙後來有什麼樣的反應。此外，敘述也通常必須遵循某種內在的一致性，用來規範人物心理的發展。可是吳爾夫卻另有她獨特的敘述邏輯，一方面著墨於身邊瑣事，另一方面捕捉人物內心的流動，並同時企圖把兩者加以駕馭、貫串。集子中的短文很多都可以說是日後吳爾夫創作長篇小說的熱身。而特別值得一提的是，此地人物的描繪用的是漫畫（caricature）誇張的手法，聚焦白描人物的某一特徵或某一動作。乍看這些特徵與動作似乎無關緊要，可是細看往往會發現這些細節與社會、歷史的軌跡相互貫串。〈未寫成的小說〉顧名思義寫的是寫不出來的小說，或有待書寫的小說。我們都知道吳爾夫對戰爭最感深惡痛絕，而這個故事不早不晚描述火車上一位乘客正在看報，報上刊載有關德國與同盟國簽署凡爾賽和約（一九一九年六月二十八日）的新聞，也同時登了有關尼提（Nitti）籌組義大利聯合政府（一九一九年六月十九日）的消息，勾勒出個人瑣事與天下大事兩者之間藕斷絲連的關係。

人物的小寫固然可以讓讀者知微見著，由小見大，可是它往往也能為當事人營造一個現實世界所無的生存空間，或提供一個人際的溝通管道。〈萊賓兔與萊賓兔娃〉的大前提是維持婚姻之困難，男女於是幻想他們是兔子——兔王與兔后——而藉此幻想（以及連帶、半正經半帶玩笑的瑣事，如鼻子如兔子般翕動），來抵擋英國階級分明的社會壓力，並維持兩人的關係於不墜，這種幻想雖說是小事，卻具有相當的解放功能。文集中的力作〈牆上的斑點〉描寫主角視力不佳，看到牆上的斑點，只見模模糊糊一點，卻又不願上前一窺究竟，於是啟動她的想像，幻想斑點是前任住客留下的釘痕，接著隨又聯想到其他更重大的事物，尤其是父權的宰制，後來故事一轉，談到幻想的自由，主角把自己設想為一條魚，漂浮於重力小於陸地（即現實世界）的水中，隨心所欲遨遊於水草之間。當然，人無法永遠沉溺於幻想之中，故事結束前有人（料必是她先生）正要出門買報紙，她當然不高興，因為報紙登的盡是些有關戰爭的消息，而這時她才弄清楚，牆上的斑點原來是隻蝸牛。

集子裡的文章泰半帶有很強的實驗性；它不刻意描述人生的片段，刻畫的不局限於生活的一鱗半爪，或甚至靈光乍現的吉光片羽，因此它不宜與一般擅長描寫人生關鍵時刻的短篇小說看待；吳爾夫的短文小說的文類歸屬曖昧不清，說它是「雜」文其實也無妨，不過此地收集的「雜」記記載的毋寧是一位才氣縱橫的現代派作家，她與現實、語言，甚至自我互動、掙扎的心路歷程。而我們在閱讀之際，不免也會受到衝擊，進而對我們一向視為理所當然的現實、人際關係，自我的內心作一個反思。而如果細心體會，我們甚至還會體會到我們觀察事物、再現事物的模式其實都有再加考慮的餘地。

吳爾夫生於一八八二年，幼年接受父親史蒂芬書香世家的教育，結婚後與猶太裔的丈夫勒納多・吳爾夫定居於倫敦部倫斯貝瑞區（Bloomsbury），與友人（如摩爾、懷德海、凱因斯、法萊〔Roger Fry〕、E.M.福斯特、史萃區〔Lytton Strachey〕、貝爾夫婦等人）同以部倫斯貝瑞社聞名。作品實驗性強，求新心切，但也因此給自己相當的精神壓力，曾有數次精神崩潰，而戰爭的陰影揮之不去，更常在她作品中浮現，一九四一年吳爾夫無法承受各種壓力，遂於口袋中裝滿石子，步入住家附近的五思河自盡。吳爾夫重要的長篇意識流小說包括：《約伯的房間》、《達勒威夫人》、《燈塔行》、《浪》、《幕與幕之間》等，堪稱現代主義巨擘。不過自從她的私人信件與她侄兒替她寫的傳記問世之後，她的女性主義立場更為世人所周知，而她的《自己的房間》也成了女性主義必讀讀本。

周英雄
・交通大學外文系教授

是星期一還是星期二
Monday or Tuesday

維琴尼亞・吳爾夫 *Virginia Woolf* 著
范文美 譯

目錄

是星期一還是星期二
Monday or Tuesday

是星期一還是星期二

慵懶，漠然，蒼鷺輕鬆搖抖雙翅，識途老馬地飛越教堂上空。潔白，淡然，天空悠遊自得，遮掩又展露，移動又停滯，無窮無盡。是個湖泊？把湖岸給遮蔽了！是座高山？哦，好極了——山坡上金光閃閃。飄飄落下。是羊齒羢毛吧，還是白色羽毛，永遠永遠——

冀盼真實，等待真實，艱苦地滴出幾個字，永遠冀盼——（左邊響起一個叫聲，右邊又一個。車輪分向奔馳。公共汽車對向聚集，擠成一堆）——永遠冀盼——（鐘敲十二聲清脆的聲響，宣報日正時份；陽光散灑金色鱗片；孩童蜂擁）——永遠冀盼真實。紅顏色的是教堂穹頂；錢幣高掛樹上；煙囪上煙霧拖曳；犬聲，嚷聲，「賣鐵啊」的叫賣聲——真實呢？

陽光照射男人的，女人的腳，黑色，或鑲金的，光聚集於一點——（這種霧茫茫的天氣——加糖嗎？不用，謝謝——國家的前途）——爐火飛竄，房間一片火紅，只除了黑色的身影，以及他們明亮的眼睛，而屋外，一部小貨車在卸貨，辛格密小姐坐在書桌前喝茶，玻璃窗裡存放毛皮大衣——

翩翩飄落，輕如樹葉，堆積在角落裡，吹過車輪，渡銀的，回家或不回家的，聚合，散開，在各個尺度上潰散，掃上，掃下，撕裂，下沈，聚集——真實呢？

此時，坐在白色方形大理石地板上的火爐旁邊回想。字從象牙深處升起，散發黑暗，開花，穿刺。書本掉落；在火焰中，在煙霧中，在片刻的火花中——或者此時在航行中，

方形大理石墜子，下方的清真寺尖塔，還有印度洋，而太空奔馳，呈藍顏色，星星閃爍

——真實呢？此時，或滿足於親暱？

慵懶，漠然，蒼鷺歸來；天空遮掩了星星，之後，又使之敞露。

幽魂縈懷之屋

不論你夜半什麼時候醒來，總會聽到關門的聲音。他們手牽手，這兒掀掀，那兒開開，走過一個又一個的房間，確實是——一對男女幽魂。

「我們是在這兒把它留下的，」她說。他加上說，「哦，可也是在這兒！」「是在樓上，」她低聲的說。「也在花園，」他悄聲的說。「輕點兒，」他們說，「否則我們會吵醒他們。」

可是並不是你們把我們吵醒。哦，不是的。哦，不是的。「他們在找那個；他們在拉窗簾，」有人或會這麼說，然後又繼續看了一、兩頁的書。「啊，他們找到了，」那個人十分肯定，手上的鉛筆停在頁緣上。之後，那人看書看累了，或會起身看個究竟，房子裡什麼也沒有，房門全部都打開，只有斑尾樹鴿快意的噗噗叫聲，以及農場傳來的打穀機聲。「我來這兒是做什麼的?我想找什麼?」我兩手空空。「或許是在樓上吧?」閣樓上放的是蘋果。於是又下了樓，花園一如往昔，只是書本滑到了草叢裡。

但他們在客廳找到了。並不是有哪個人看得見他們。窗上玻璃反映蘋果，反映玫瑰花朵，在玻璃上，葉子都是綠的。他們在客廳走動時，蘋果只轉動了黃色的那一面。然而片刻之後，房門如果打開，在地板上展開，高掛在牆上，從天花板上垂下——什麼?我雙手空空。地毯上劃過一隻歌鶇的影子；從最深層的寂靜之井斑尾樹鴿吸出噗噗之聲。「安啊，安啊，安啊，」房子的脈搏柔柔地跳動。「寶物埋藏；房間……」脈搏驟然停止。哦，原來是埋藏的寶物啊？

過了一會兒，燈光熄了。再到花園去了？但樹木將黑暗紡成一束漂泊的陽光。那麼纖細，那麼稀少，涼涼地潛沈在表面下，我找尋的光束總是在玻璃後面發光。死亡是玻璃；死亡在你我之間；先光臨女的，數百年前，離開房子，封閉所有的窗子；房間都黯淡無光。他離開房子，離開她，到北方去，到東方去，看見南方天空上星星的轉換；他尋找房子，發現它殘落斷敗，在唐斯丘陵地下。「安啊，安啊，安啊，」房子的脈搏歡悅地跳動。「你們的寶藏。」

風狂捲大道。樹木歪東又倒西。月光在雨中飛濺潑瀉。可燈光從窗前完全熄滅。蠟燭僵挺硬直地燃燒。那對幽魂男女在房子裡遊蕩，到處開窗，悄聲地說不要吵醒我們，他們在尋找歡樂。

「我們那時睡這兒，」她說，而他加上說，「吻了無數的吻。」「早上醒來——」「樹間銀光——」「樓上——」「花園裡——」「夏日來臨時——」「冬日下雪時——」房間在遙遠的遠方一道一道關上，輕輕的敲打，像心臟的跳動。

他們越加接近了，停在門口。風停了，雨瀉在玻璃窗上，瀉得泛銀。我們眼光黯淡；我們聽不見身旁有腳步聲；我們看不見有女士抖展她那幽靈的斗篷。他雙手圍著煤燈。「看，」他呼了口氣。「熟睡，愛，在他們唇上。」

他們手持銀製煤燈，高高在我們之上。他們彎身，看了良久，深深地看著。他們停了良久。風直吹過來；燈焰微微彎了彎。狂野的月光光束越過了地板，越過了牆，之後，相遇，玷污了途中的臉孔；臉孔在沈思；臉孔在搜索睡夢者，搜尋他們隱藏的歡樂。

「安啊，安啊，安啊，」房子的脈搏驕傲地跳動。「多年了——」他嘆了口氣。「你又找到了我。」「在這兒，」她低聲的說，「睡覺；在花園看書；歡笑，在閣樓上滾蘋果。在這兒，我們留下了寶物——」彎身，他們的光掀開了我的眼瞼。「安啊，安啊，安啊，」房子的脈搏狂野地跳動。我醒過來，叫道，「哦，這是**你們的**寶物？心中之光。」

未寫成的小說

這麼一張不快樂的表情，足以叫人從報紙的上沿偷望一下那可憐婦人的臉孔——那一眼其實有沒有也無關緊要，那表情幾乎就是人類宿命的徵象。你從人家的眼中看到的是生命；生命是他們所學知的，然而，學知之後他們雖然很想隱藏，卻從來並非不知——不知什麼？那個生命，看來，似乎也是那樣。五張臉孔，面對面——五張成年人的臉孔——以及每一張臉孔上所知曉的。但，說來奇怪，人們是如何地想掩藏啊！那幾張臉孔都掛著謹言勿語的標記：雙唇緊閉，兩眼下垂，五個人，人人都在做點什麼，想掩飾和抹消自己所知曉的東西。其中一人在抽煙，另一位在看報，第三位在查記事本；第四個在看車廂對面的沿線地圖，而第五人——糟的是這第五位，她什麼都不做，她在檢視生命。啊，可是這位可憐又不幸的女士，務請一起來玩遊戲啊——務請，看在我們大家的份上，掩藏一下吧！

她彷彿聽見了我心中的話，舉眼上望，稍稍挪了挪坐姿，嘆了口氣。她彷似對我道歉，且說，「你要知道就好了！」說完，她又檢視生命。「可是我知道的啊，」我無言地回答她，而為了不失禮儀，眼睛瞟了瞟手中的《泰晤士報》。「我什麼都知道。『德國與盟國昨日在巴黎訂約，締造和平之路；義大利總理——尼帝先生；但卡斯特有一列客車與一列貨車相撞……』我們都知道——《泰晤士報》知道，但大家都假裝不知。」我的視線又躍過報紙的上沿。她身體抖了抖，手臂古怪地抽動，拉扯到了背部中央，頭左右搖擺。我又浸泡在那巨大的生命貯水池之中。「你要什麼，就取什麼吧，」我繼續說道，「誕生，死亡，結婚，宮廷活動公報，鳥的習性，達文西，沙崗謀殺事件，高薪，生活指數——哦，你要什麼，就取什麼吧，」我又說了一次，「《泰晤士報》上面都有刊載！」帶著無限的疲憊，她的頭又左右擺動，直到最後，像個轉累了的陀螺，停在脖子上。

像她那類的哀傷，《泰晤士報》是抵禦不了的。然而其他幾個人又不肯交談。應付生命的最佳辦法就是把報紙折疊起來，折得方方正正，清脆有聲，厚厚實實的，即使是對生命，亦密不可透。我於是就這麼做了，然後急速的往上一瞥，戴上我自己的護盾。但她戳穿我的護盾；她凝視我的眼睛，似乎要從我眼底深處搜索任何勇氣的殘渣，然後倒入泥中使之澆滅。光是她那拉扯痙攣的動作就足以消除一切希望，降低一切的幻想。

於是我們轆轆前行，穿過了薩里郡，越過郡界進入薩西克斯郡。由於我的眼睛專注於生命之上，並沒注意到其他的乘客都一個個的下了車了。最後，除了那位看報的男士，就剩下我們兩人。火車到了三橋站，車子慢慢駛入月台，停了。他要下車而去嗎？我兩種情況都祈禱——最後我祈禱他不要下車。但就在那一刻，他站起身來，不經心地把報紙揉成一堆，像是什麼用完即棄的東西，然後衝開了車門，離我們而去。

那不快樂的婦人，身體稍向前傾，蒼白著臉，面無血色的對著我說話——她談到了車站、假日，談到了她在東界的弟兄，以及當時的季節，她不是說早了就是說晚了，我記不得了。但最後，她從窗子外望，所看到的，我知道，只是生命。她低聲說，「不介入——那是個缺點——」啊，我們接近災難現場了。「我嫂嫂，」——她聲調中的苦澀就像滴在冰冷的鋼鐵上的檸檬。她喃喃的對著自己，而非對我，說，「廢話，她會這麼說——他們都是那麼說的。」她說話時，坐立不安地，背上的皮膚猶如家禽店內被拔光了毛的雞鴨什麼似的。

「哦，那個雞婆！」她突然神經緊張地頓住，似乎草地上那隻體積龐大的木頭母雞嚇了她一跳，止住了她一些不慎之言。之後，她戰慄，身體又像之前那樣呈僵硬地不自然的擺動，彷彿經過痙攣之後，兩肩之間某個部分燒了焦，還是發癢什麼的。然後，她的表情看來又像是世上最不快樂的婦人。而我則再次譴責她，只是基於不同的理念。我認為她即使有什麼不快樂的理由，而我即使知道那理由是什麼，污點也早應已從生命中除去。

「姑嫂——」我說。

她雙唇噘起，宛如要向那個詞語飛吐毒液；她雙唇依舊噘著，但沒說什麼，只是拿起一隻手套，猛擦窗玻璃上的一個污點。她猛擦，儼然要永遠擦除什麼東西似的——什麼污點，什麼清除不了的污穢。沒錯，不管她如何擦拭，污點仍在。她倒回座椅，身體戰慄，手臂如我所料的緊扯。有什麼東西催逼著我也拿起手套擦拭我這邊的窗子。喏，玻璃上也有個污點。但不管我怎麼擦，污點仍在。然後，痙攣穿過我全身，我彎曲手臂，拉扯到背部中央。我的皮膚，感覺上也像家禽肉店櫥窗上浸濕的雞皮；雙肩之間有個地方發癢，難耐，黏乎乎，痛兮兮的。我抓得到嗎？偷偷的，我抓了抓。她看到了，一抹笑容帶著無限的諷刺，無限的哀傷從她臉上飛越，消逝。但她已傳達了信息，透露了她的祕密，傳遞了她的毒物；她不再和我說話了。我仰靠躲在我的角落裡，我遮擋我的眼睛，避開她的，只看望冬日田野上的坡地、窪地，灰的、紫的景色，我閱讀了她的信息，解析了她的祕密，在她的凝視下解讀。

希爾達就是嫂嫂。希爾達？希爾達？希爾達．馬歇——希爾達那該殺的，那波霸，那胖婦。計程車駛近時，希爾達站在門口，手上拿著一個銅板。「可憐的敏尼，長得越來越像隻蚱蜢——斗篷還是去年披的那一塊。哎，哎，這年頭，帶著兩個小孩，還能做什麼呢。我來，敏尼，讓我來，司機，這兒——妳到我這兒來，就得照我的。敏尼，進去吧。哦，就是**妳**我都抱得動呢，更別說妳的籃子啦！」她們於是走進飯廳。「孩子們，叫敏尼姑姑。」

刀叉從垂直的位置緩緩向下放。他們（包伯和芭芭拉）從椅子上下來，僵硬地伸出手，接著又坐回座位繼續吃，在一口與一口之間抬起頭瞪著她看。（下面的，我們就跳過別講吧：裝飾品、窗簾、三葉草瓷碟，長方形的黃色乳酪，白色的方塊餅乾——跳過去吧，啊，等等！午餐吃了一半，那種痙攣發作了。包伯瞪著她看，湯匙含在嘴巴上，「包伯，吃你的布丁，」希爾達責罵他。「她為什麼要抽搐？」跳過去，跳過去，直到我們走上二樓的頂級階梯；樓梯腳線包銅；地毯布破損；哦，對了！小臥房對望東界的屋頂——鋸齒形的屋頂像蜈蚣的背脊骨，這兒一條，那兒一條紅的黃的條紋，鋪著藍黑色的石板）。好了，敏尼，門關上了；希爾達踩著重重的腳步下樓去了；妳解開籃子上的帶子，把一件瘦巴巴的睡袍放在床上，把襯著皮毛的毛氈拖鞋並排放著。鏡子——不要，妳不照鏡子。幾支帽子別針井然有序的並排放著。貝殼盒子裡或許有什麼東西？妳搖了搖；是去年就放著的那支珍珠扣針——沒別的了。之後，鼻子嗅了嗅，嘆了口氣，在窗邊坐下。十二月午後三點鐘；天空滴著毛毛細雨！一家掛上布幔的大商店，天窗上低低的垂著一盞燈，另有一盞高高的掛在傭人房裡——這一盞熄了。那她就沒什麼可看的了。腦中片刻空白——那，妳在想些什麼？（讓我偷窺一下坐在對面的她；她睡著了，或是假裝睡著了；那她午後三點鐘坐在窗邊想些什麼？健康、金錢、山坡、她的上帝？）是的，敏尼．馬歇坐在椅緣上，望著伊斯特本的屋頂，她向上帝禱告。那很好；她也可以擦拭玻璃窗，以便看上帝看得更清楚一些；可她看到的是什麼上帝？誰是敏尼．馬歇的上帝，那在東界後街的上帝，那在午後三點鐘的上帝是誰？我，也一樣，看屋頂，看天空，可，天啊——這看上帝的事！他更像德蘭士瓦共和國的克魯格總統，而不那麼像維多利亞女王的丈夫艾伯特王子——我頂多只能這麼恭維他；而我看見他坐在一張椅子上，身穿黑色僧袍，不是那麼的高高在上；我可以找一、兩朵彩雲讓他坐坐；之後，他手握一根棍棒在雲中拖曳，那是根警棍，可不是？——黑色，粗重，帶刺的——一個暴虐的老惡霸——敏尼的上帝！那痕癢，那瘀塊，那抽搐是他送給她的？那是她禱告的原因？她在玻璃窗上擦拭的是罪贖的污點。哦，她犯了某種的罪行！

我有我的種種罪行。樹林飛馳，飛躍——夏天有藍鐘花；在那邊曠野上，春天到臨時，有月見草。分離，那是二十年前之事？誓言打破？不是，不是敏尼的！……她忠貞不二。她是如何的看護她母親！她花了所有的積蓄建造她的墓碑——玻璃板下的花環——花瓶裡的水仙。我離題了。一種罪行……他們會說她苦守哀傷，壓抑祕密——壓抑性，他們會說——那些學科學的人。可是把**她**套上性，那是多麼愚昧！不是——情形比較像下面這樣：二十年前她走過克萊登的街道，布店櫥窗裡在燈光下閃耀的藍紫色緞帶圈環吸引了她的視線。她依戀不去——已過了六點鐘。要是跑著趕回家去，她還是趕得及的，但她推開了玻璃邊門走進去。那是特價期間。淺盤上盤盤都裝滿了絲帶。她駐足，拉拉這個，摸摸那個上面繡著玫瑰花朵的——不需選擇，不需購買。每一盤都充滿了驚奇。「我們七點才關門。」然而那時**已是**七點。她跑，她衝，她抵家，但太晚了。鄰居——醫生——小弟——水壺——燙傷——醫院——死亡——還是只是受驚而已，過錯？啊，細節無關緊要！重要的是她所背負的：那一小塊，那罪行，那要抵償的，永遠都在她兩肩之間。「對，」她似乎向我點頭，「那就是我所做的。」

妳究竟做了沒有，妳做了些什麼，我都無所謂；那不是我想知道的。布店的櫥窗掛著藍紫色的圈環——那就行了；或許低廉了些，平庸了些——因為人有各種的罪行，然而那麼多（讓我再來窺視一下——仍在睡覺，或假裝在睡！蒼白，憔悴，嘴巴緊閉——一抹倔強之情，比想像中還厲害——沒有性欲的跡象）——那麼多的罪行卻都不是**妳**的罪；妳的罪很低廉，只是抵償卻很莊嚴；現在，教堂的大門已開，堅硬的木椅已接受了她；在棕色的瓷磚上她下跪；每一日，不論冬夏，不論早晚（她在這兒）祈禱。她一切的罪過都掉落，永遠掉落。肩上那一塊承受了。那一塊凸起，變紅，灼燒。接著，她抽搐。小男孩看了，會指出來。「包伯今天在午餐時就指出了，」——但最糟的還是老太太們。

說真的，妳現在不能再坐下祈禱了。克魯格總統已從雲上下沈——就像被畫家畫筆上的水灰油彩刷抹拭了，且還加上了一抹的黑色——甚至於連警棍的頭尖現在也不見了。事情總是這樣子！就在妳看見他，摸到他時，總是有人來打了岔。現在打岔的就是希爾達。

妳可恨透了她！她甚至連夜晚也把浴室的門上了鎖，而妳所需要的不過是冷水而已，有時夜晚睡得糟，洗一洗似乎也有點用。而約翰在吃早餐——孩子們——吃飯時情況最糟，有時有朋友在場——羊齒蕨盆栽不能完全把他們隔開——他們也猜得到吧；於是妳出門去，沿著海邊漫步道行走，海邊浪花灰白，報紙亂飛，玻璃棚子呈綠顏色，海風咻咻的，坐張椅子要兩毛錢——太貴了——海灘上總會有教士吧。啊，那可是個黑鬼——是個滑稽的人——是個帶著一堆鸚鵡的人——可憐的小東西！這兒沒人想到上帝嗎？——就在那上面，在碼頭那邊，手中拿著他的棍棒——可是沒有——天空上除了一片灰黑，什麼都沒有，要不，天空如是淡藍的話，那白雲也會隱藏了他，而音樂——是軍樂——他們在釣些什麼？捉到了沒有？孩童是那樣的瞪視人！那，那就走另一條路回家吧——「一條回家的路！」話語都有意義；可能是那留頰髭的老人說的——不是，不是，他其實並沒說什麼；但什麼東西都有意義——門口靠著的廣告牌——商店窗子上方的店名——籃子裡的紅色水果——美髮店裡婦人的頭——意思都是「敏尼．馬歇！」然而肩上一陣急扯。「蛋較便宜！」事情總是這樣！我當時正引著她到瀑布去，直向瘋狂走去，但，她卻像一群夢中的羊，轉到另一條路，在我的手指之間奔跑。蛋較便宜。可憐的敏尼．馬歇，被拴著牽往世界的岸邊，可那些罪行、哀傷、狂喜，甚或瘋狂的行徑沒有一項適合她；她午餐從未遲到；從沒有不帶雨具被淋個落湯雞；從來沒有完全不知雞蛋的便宜。於是，她回到家——擦擦靴底。

我對妳的解讀正確嗎？但人的臉孔——那位於滿滿一張印紙上端的臉孔，隱藏了許多，保留了許多。現在，她張開了眼睛，向外望；在人家的眼睛裡——你怎麼去界定呢？有個裂縫——有個分隔——因此當你抓住蝴蝶已飛走的花莖時——那在傍晚時垂掛在黃花上的飛蛾——動手，舉起你的手，飛了，飛高了，飛走了。我不會舉手。那就靜靜地垂掛、振顫吧，生命、靈魂、精神，不論你是敏尼．馬歇的什麼——我，也一樣，在我自己的花上——老鷹飛越高原——孤單的，否則，生命的價值是什麼呢？起來；在傍晚，在正午，靜靜地垂掛；在高原上靜靜地垂掛。手輕輕一顫——飛了，飛高了！之後又平靜自若。單獨，無人看得見；看見下面的那一切如此的寧靜，如此的可愛。沒人看見，沒人關心。別人的眼睛是我們的囚牢，他們的想法是我們的樊籠。空氣在上，空氣在下。還有月亮，永恒……哦，可是我掉到了草地上！妳也掉下了嗎，捲在角落裡的妳，婦人——妳叫什麼名字——敏尼．馬歇；諸如此類的名字？看她，含苞未放，她打開手提包，拿出一個空殼——一個蛋——是誰說蛋較便宜？是妳還是我？哦，是妳在回家的路上說的，記得嗎，那時，那老先生突然撐開傘——還是突然打了個噴嚏？總之，克魯格總統走了，而妳走「另一條回家的路」回家，擦擦靴底。沒錯。妳在膝蓋上攤開了一條手帕，在上面灑下了一些角狀的小蛋殼碎片——一幅地圖的碎片——一幅拼圖。我但願能夠把它拼出來！但願妳能坐著不動。她挪動雙膝——地圖又變成了細片，白色的大理石塊飛躍奔馳滾下南美安地斯山山坡，壓死了一整隊的西班牙騾夫，連同護衛——英國提督德雷克的戰利品，金子，銀子。可是回到——

回到什麼，回到那裡？她打開門，把雨傘放到架子裡——那不用說；於是，還有，從地下室飄來的一陣牛肉味；點，點，點。可是我不能就此將之消除，而必須低著頭，閉上眼睛，帶著戰鬥部隊的勇氣和鬥牛的盲目向前衝刺驅散的，不容置疑地，是那些在羊齒蕨盆栽後面的人物，商業推銷員。這些年來，我一直把他們隱藏起來，希望他們會消失掉，再不然，最好是湧現出來，因為故事如果要繼續添加豐潤，鋪張特色，還是增加命數，或悲劇色彩，就如一般故事那樣，就得一路上翻滾出兩個，即使不是三個推銷員來，還有一大叢中產階級家中的室內植物——蜘蛛抱蛋屬類。「蜘蛛抱蛋的複葉只半隱了那推銷員——」要是高級的杜鵑花，那就可將他完全隱去，此外，還叫我臉一陣紅一陣白的，但為了那個，我願挨餓，願挨苦；只是在東界買杜鵑花——在十二月——放在馬歇家的餐桌上——不行，不行，我不敢；這兒有的只是麵包碎屑，小瓶小罐，花邊褶紋，羊齒盆栽。或許稍後我會有身在海邊的時刻。此外，我愉悅地承受綠色浮雕和冷冰玻璃器皿的刺痛，我覺得，有股欲望想偷視，偷窺對面那個男人——我頂多只敢偷看一個。那人可就是詹姆士·莫軌奇，那個馬歇夫婦叫他傑米的人？〔敏尼，在我把這個搞清楚之前，妳可不要抽搐。〕詹姆士·莫軌奇在各地推銷——鈕釦——對嗎？但時間還未到他帶**鈕釦**而來的時候——大大小小的，釘在長紙板上的鈕釦，有些是孔雀眼綠，有些是鈍金色；一些鑲了煙晶，一些噴灑了珊瑚——不過，我說的是時間未到。他到處推銷，每個星期四是他到東界來的日子，他和馬歇家人吃飯。他紅通通的臉孔，眼神穩健的小眼睛——一點也不平庸——他食量奇大（那很安全；在他把麵包吸乾肉汁之前，他不會窺望敏尼一眼），餐巾折成鑽石形塞在胸前——那可幼稚得很，不論讀者先生女士觀感如何，這可騙不了我。且讓我們閃到莫軌奇家去吧，行動吧。這個嘛，一家人的靴子都是在星期天由詹姆士本人修補的。他看《真理報》。他的感情？蘿莎斯——他太太是位退職的醫院護士——有意思——天啊，讓我有個我喜歡的名字的女人吧！可是不行，她是我們心目中未出生的孩子，不合法，但仍備受寵愛，就像我的高級杜鵑花。我書寫的每一部小說中，書中有多少人都去世了——那些最好、最可愛的，然而莫軋奇卻依然活著。那是生命的過錯。這時敏尼坐在對面吃蛋，而在另一端——我們已過了路易斯站了吧？——一定是傑米——她幹嘛要抽搐？

那一定是莫軋奇——生命的過錯。生命強施法則；生命堵塞道路；生命在羊齒蕨後面；生命是個暴君；哦，可並不是個惡霸！不是，我向你保證，我是自願去的；我走過羊齒蕨，走過瓶瓶罐罐，桌子湯水飛濺，瓶罐翻傾，天知道是受了什麼衝動的催促。我抑制不住的上前去，把自己投入那堅實的肌肉上，強壯的背脊裡，投入莫軋奇這個人，在他的靈魂中，在任何我穿透得進，我找得到立足點的地方。他全身結構是如此的穩健，背脊結實得有如鯨魚骨，挺直得像橡樹；肘骨似發光的樹枝，肌肉如綳緊的防水布；一個個紅色的凹穴；血液流入又流出心臟；而咖啡色的肉，一小塊一小塊的，從上面掉下，啤酒咕咕流入血中攪拌——於是，我們來到了眼睛的部位，在蜘蛛抱蛋樹後面他們看到了什麼東西：黑黑，白白，陰沈沈的；接下來又是碟子；在蜘蛛抱蛋樹後面他們看到了年老的婦人；「馬歇的妹妹，希爾達倒更合我的意」；接下來是桌布。「馬歇該知道莫理斯家人有什麼問題……」

他們談論那個；乳酪上桌了；接下來又是碟子；把它轉過來——碩大的手指頭；接下來是對面的女人。「馬歇的妹妹——一點也不像馬歇；悲悲慘慘的老女人……妳該去餵雞了……天曉得，她幹嘛要抽搐？不是**我**說了什麼吧？天啊，天啊，天啊！那些老婦人。天啊，天啊！」

「是的，敏尼；我知道妳抽搐了，可是等等——詹姆士．莫軌奇。」

「天啊，天啊，天啊呀！」那聲音多美！就像木槌敲打乾燥木頭的聲音，就像古時的捕鯨手在海水變濁，綠海雲層密佈時，心臟噗通噗通的跳聲。「天啊，天啊呀！」對急躁不安的人來說，那可是什麼樣的喪鐘呢，那安撫了他們，慰藉了他們，然後裹上亞麻布，說，「再見，祝你好運！」之後，問，「妳喜歡什麼消遣？」莫軌奇雖然會為她摘下他的玫瑰，但事完，也就完了。下一件是什麼？「太太，你要趕不上火車了。」他們是不會徘徊不去的。

那是男人的處事方式；那是迴響的聲音；那是聖保羅教堂和公共汽車的聲音。可我們在刷除麵包屑。哦，莫軌奇，你不留下來嗎？你不得不走？你今天下午是不是要駕著小馬車在東界各地跑？你是不是就是那個全身被綠色的紙板盒子圍住的人，有時坐著顯得好嚴肅，兩眼瞪視，像隻人面獅身獸，而人與馬總是有那麼一股陰沈沈的死氣，有一般殯儀館夫、棺材、暮色之氣的？務請告訴我——可是門砰地關上。我們再也不會相見。莫軌奇，再會！

是的，是的，我就上來了。一直上到屋頂。我要留戀一會兒。腦中可真是一團泥——那些巨獸可真搞得一團糟，海水洶湧，雜草搖曳，這兒一片綠，那兒一片黑，穿透沙石，直到原子逐步再聚合，沈澱物篩出，我們的眼睛再次看清看穩，嘴上為分離的人唸出一些禱辭，為那些點頭之交，那些我們再也不會相會的人的靈魂，唸出一些悼辭。

詹姆士．莫軌奇已死了，一去不返。啊，敏尼——「我再也面對不了了。」假如她那麼說——（讓我看看。她正把蛋殼刷進斜坡深處）。她說時，語氣很肯定，身子靠著臥室的牆，兩手撥弄紫顏色窗簾邊上的小圓球。可是當自己對自己說話時，究竟是誰在說話？——埋葬的靈魂，亡靈被驅下，下，下到墓穴深處；那披上面紗離開人世的自己——或許是個懦夫，然而在它拿著燈籠在黑暗的走廊急躁不安地飄來飄去時，卻也有份美感。「我再也忍受不了了，」她的幽靈說。「那個午餐桌上的男人——希爾達——孩子們。」哦，天啊，她的哭泣聲！是幽靈在為命運苦嚎，那被逐來逐去，寄居在逐漸縮小的地毯上的幽靈——些微的立足點——逐漸消失的宇宙的縮小碎片——愛情、生命、信仰、丈夫、孩子，我可不知道女孩時代有什麼華麗，什麼壯麗。「我什麼都沒有——什麼都沒有。」

然而——鬆餅、老禿狗？繡珠墊子，我猜想，以及內衣的慰藉。要是敏尼．馬歇被車子輾了，而送去醫院，醫生和護士會驚叫……有回顧有展望——有距離——在大道的盡端那藍色的污漬，然而，畢竟，茶很濃，鬆餅很熱，而狗——「班尼，到籃子裡去，乖，看媽媽給你拿了什麼來了！」於是，妳拿起拇指破了洞的手套，再次抵抗所謂千瘡百孔的入侵惡魔，妳把針穿上灰色毛線，縫進縫出，修復補強。

縫進縫出，縫左縫右，織出了一個網套，上帝從當中——噓，別想上帝！織得多麼結實啊！妳的縫補技術妳自己一定很自豪。別騷擾她。讓燈光柔柔地降低，叫雲層撥開，顯露樹葉初綠的內芽。讓麻雀在樹枝上歇息，搖落垂掛在枝椏上的雨點……為什麼抬頭看？有什麼聲音，什麼想法嗎？哦，老天爺！又回到妳所做過的，回到那放著紫色圈環的板璃櫥窗？但希爾達就來了。丟臉，羞恥，哦！把裂縫補上。

敏尼．馬歇補完了手套，放進抽屜裡。她帶著決心關上了抽屜。我在鏡子裡看到了她的臉孔。嘴巴嘛起，下巴抬得高高的。接著她繫上鞋帶，然後摸摸喉頭。妳的胸針是什麼樣的？槲寄生樹枝，還是叉骨？出了什麼事嗎？除非是我完全看錯了，否則心跳加快了，那一刻就來了，線索快速奔馳，尼加拉瀑布就在前面。高潮來了！願上蒼佑妳！她走下去了。勇氣，勇氣！面對它，對著它！老天爺，別站在門墊上等待！門在那兒！我支持妳。說吧！面對她，讓她的靈魂驚惶失措！

「哦，對不起！對，這是東界。我替妳拿下來，我來轉轉把手看看。」（可是敏尼，雖然我們假裝不知，我對妳的解讀沒解錯——我和妳站在一起。」

「妳就這麼多行李？」

「多謝，沒錯。」

（可妳為什麼要四周張望？希爾達不會到車站來，約翰也不會；莫軌奇在東界另一端開車兜賣。）

「太太，我就守在行李旁等候好了，這樣最安全。他說他會來接我……哦！他來了！那是我兒子。」

於是他們一道走了。

啊，我可糊塗了……當然，敏尼，妳較清楚！一個陌生的年輕男人……等等！我要告訴他——敏尼！——馬歐小姐！——其實我並不知道。她的斗篷吹起時，裡面有什麼古怪的東西。哦，可那不是真的，那不雅觀……他們走到出口時，看他身彎得多彎。她找到車票了。開什麼玩笑？他們走了，上了路，肩並肩……唉，我的世界完了！我有什麼根據？我知道些什麼？那不是敏尼，也沒什麼莫軌奇。我是誰？生命光禿得像骨骼。

然而看了他們最後一眼——他下了路緣，她跟在後面繞過大廈的邊緣——我心中充滿懸疑，情緒再度受到衝擊。神祕的人物！母與子。你們是誰？你們為什麼要走下馬路？你們今天晚上要睡在哪兒？之後呢？明天呢？哦，天旋地轉，波濤洶湧——我又再度漂浮！我趕在他們後面。這邊，都有人在開車。白色的車燈嘶嘶瀉射。板玻璃櫥窗。康乃馨；菊花。黑暗園中的長春藤。門口的牛奶盒。我不論走到哪裡，神祕的人物，我都看見你們，看見你們轉了彎，母與子；你們，你們，你們。我急急忙，我跟隨。這兒，我猜，該是大海。景色灰濛濛，黯淡如灰燼；海水細語，挪動。我如果下跪，參加禮儀，擺出古老的姿勢，那是為了你們，陌生的人兒，我要膜拜的是你們。我如果張開手臂，我要擁抱的是你們，往我身上拉的也是你們——可敬的世界！

弦樂四重奏

好了，我們到了，而如果你眼睛往房外張望，可看見地下鐵、電車、公共汽車，以及為數不少的私家車，我敢說，甚至於還有紅棕色小馬拖拉的蘭道馬車，匆匆忙忙從倫敦這一頭到那一頭穿梭行駛。然而我卻開始懷疑——

如果真是這樣，如他們所說，攝政街封閉了，巴黎和約已簽訂，天氣不如往年寒冷，甚至於，以那種價格什麼房子都租不到，還有，最嚴重的流行性感冒留下的後遺症；而如果我想起了我漏寫了關於食物貯藏櫃漏水的事，還把手套掉在火車上；且如果我心血來潮，身向前傾，誠摯地接受那伸得或許有點猶豫的手——

「七年不見了！」

「你現在住在那兒？」

「那，傍晚對我最方便了，假如您不會不方便的話——」

「可是我一下子就認出你來了！」

「然而，還是讓戰爭給中斷了——」

如果腦筋讓這類小箭射穿，而——因為迫於人際關係——一支剛射出，另一支又緊跟而來；如果這可產生熱量，他們且又開了電燈；如果人說了一件事，在許多情況下，卻需加以改進、修正，除了激起遺憾之外，也有樂趣、虛榮、慾望——如果我指的都是事實，還有那些浮出表面的帽子、毛皮圍巾、男士的燕尾服、珍珠領帶針——那還會有什麼機會呢？

什麼東西的機會？儘管一切如此，我現在越來越難說，為什麼我會坐在這兒，會相信我說不出來那究竟是什麼，甚至記不得上一次那是在什麼時候發生的。

「你看了遊行沒有？」

「國王看來冷冷的。」

「不是，不是，不是。那到底是什麼？」

「她在麻爾摩斯堡買了間房子。」

「找得到房子，那可真運氣！」

正好相反，我相當肯定，她，不論她是誰，是完蛋了，因為一切只不過是房子、帽子、海鷗之類的罷了，因此，對上百位坐在這兒的人來說，他們衣著華麗，披毛掛皮，酒醉飯飽，不愁風雨的，但似乎就是如此而已。並不是我有什麼可吹噓的，我也一樣，被動地坐在一張鍍金的椅子上，剛剛開啟了世間一個被埋藏的記憶，就如大家一樣，因為有跡象顯示，如果我沒弄錯的話，我們都在回憶些事情，偷偷地尋找些什麼。為什麼會這麼坐立不安？為什麼要這麼關心斗篷是否合身；還有手套——該扣上還是解開？再看看那張靠在深色畫布上年邁的臉孔，一會兒之前還是溫文脫俗，神采飛揚的，一下子就變得沈默寡歡，憂鬱哀傷，彷彿處在黑暗之中。那可是第二小提琴手在接待室裡調音？他們來了；四位身穿黑服的人，帶著樂器，面對白色的方塊坐下，頭上燈光瀉射；他們先把弓頭靠在譜架上，然後動作一致地舉起來，輕巧地擺好姿勢，之後，第一小提琴手看著對坐的團員，心數一、二、三——

繁茂，春天，萌芽，綻開！山頂上的桃樹。水池噴射；水滴降落。但隆河河水水流湍急深沈，急馳拱橋下，橫掃隨後的水草，掩映銀色的小魚，而被急流沖刷的斑點小魚此刻被捲入漩渦——漩渦裡，難以看清，一大群魚亂成一堆，又跳又躍，擦刮尖銳的魚鰭。在這湍流急湧中，黃色小石也被攪拌得轉啊轉的——轉啊轉的——脫了身之後，急速下衝，甚至美妙地往上盤旋升空，曲捲得像飛機下薄削的削片，往上，往上……在那些輕鬆地踩入世界一臉笑容的人身上，他們的善意是多麼的可貴啊！還有那些歡樂的老漁婦，猥褻的老婦人，她們蹲在橋底下，笑得是多麼的由衷，走起路來又搖又擺的，從這邊到那邊，唔，哈！

「那是首莫札特早期的作品，當然——」

「可是那旋律，就像他所有的旋律，聽了叫人絕望——我是說希望。我到底在說什麼？那音樂糟透了！我想跳舞，歡笑，吃粉紅的蛋糕，黃色的蛋糕，喝淡而嗆的酒。或是聽個黃色故事，這個——我現在可以品嚐。人越老，越喜歡不正經。哈，哈！我在笑。笑什麼？你什麼都沒說，坐在對面的老先生也沒說什麼……可是要是——要是——噓！」

憂鬱的河流承受了我們。當月亮從飄曳的柳枝中露臉時，我看到了你的臉孔，在我們走過杞柳樹圃時，我聽到了你的聲音，以及鳥兒的歌聲。你在小聲說些什麼？憂愁，憂愁。歡樂，歡樂。兩者交織在一起，像月光下的蘆葦。交織在一起，雜亂地糾纏一堆，結上了痛苦，撒上了哀愁——嘩啦啦！

船沈了。上升，人物升起，但薄如細葉，且越變越細，成了個黯淡的幽魂，它尖端冒火，在我心中引發了雙重的情感。它為我高歌，剝開了我的哀傷，融解開了我的同情心，讓冰冷的世界溢滿了愛，從不停止，也不減輕其溫柔，而且嫻熟地，靈巧地把破裂的地方織來織去，織成這種花樣，織成這種圓滿的形式，將其結合起來；哀傷與歡樂，高飛，哭泣，沈落歇息。

那又為何悲嘆？有什麼可追問的？有什麼不滿的？我說一切都安頓好了；是的，都安躺在一床的玫瑰葉下歇息，掉落。掉落。啊，但都歇止了。只有一片，從遙遠的高處墜落，像個從隱形氣球降落的小降落傘，旋轉，搖搖擺擺地飄動。不會降落到我們這兒來。

「沒有，沒有。我沒注意到什麼。那音樂再糟也沒有了——這些可笑的夢。第二小提琴慢了拍子，你說是吧？」

「那是夢露老太太，摸索著出門去——眼睛一年比一年盲，可憐的老太太——在這滑濕的地板上。」

瞎眼的老年，白頭的獅身人面怪物……她站在人行道上，如此果斷地，向紅色巴士招手。

「多麼美妙！他們演奏得多麼好！多麼——多麼——多麼！」

舌頭不過是塊響板。簡單得很。我鄰座女士帽上的羽毛耀眼，賞心悅目得有如小孩的搖鈴。喬木上那片葉子透過窗簾的裂縫閃爍碧綠顏色。非常奇特，非常叫人興奮。

「多麼——多麼——多麼！」噓！

那些草地上的戀人們。

「小姐，可否賞面請將手——」

「先生，我會把心交給你。而且，我們已離開處身宴會大廳的身體。在草皮上的是我們靈魂的影子。」

「那，這些擁抱在一起的是我們的靈魂。」姿色平庸的女士點頭同意。天鵝從岸邊推進，夢般漂向中流。

「言歸正傳。他跟在我後面走過走廊，而在轉角時踩到了我襯裙的花邊。我除了叫聲『啊！』停下腳步，手指一指之外，還能做什麼？他看了，拔出劍來，刷刷劃了又劃，像是在刺殺什麼似的，同時叫道『瘋狂！瘋狂！瘋狂！』我於是高聲叫喊，而面對著凸窗在一本大皮紙本子上書寫的王子，頭戴瓜皮帽，腳穿毛皮拖鞋走了出來，隨手從牆上拔下一把雙刃劍——西班牙國王送的禮物，你懂吧——這時，我逃了，一面揮擺著這塊斗篷遮擋裙子上的累累傷痕——遮擋……可是你聽！號角！」

那先生回答那女士回答得非常之快，而她在音階上奔馳，以十分機智的恭維回應，以致感情積累得泣不成聲，話語模糊難辨，然而心意則清晰明顯——愛，歡笑，追求，至上的幸福——全都漂流出來，浮在溫柔至愛的極樂漣漪中——直至銀色號角的號聲響起，起初在遙遠的遠方，逐漸越傳越清晰，彷彿貴族莊園中的執事在向曉霞致敬，又或不祥地宣告情侶的逃奔……綠色的花園，月下的泳池，檸檬，情侶，魚，統統溶化在乳白的天空裡，橫跨天上，在小喇叭加入了號角的行列，再加上小號的支援之後，那兒升起了數道白色的拱門，牢牢地坐落在白色的大理石柱上……腳步沈沈，喇叭嘟嘟、鏗鏗鏘鏘。堅固的建築。牢固的地基。眾生的行列。混亂與混沌向地球移步。然而這個我們向之行進的城市，既沒磐石，也沒大理石；只是永續地懸掛著，不動地屹立著；沒見到一張臉，也沒一面旗來迎接，來歡迎。那就讓你的希望澆滅吧；讓我的歡樂在沙漠上枯萎吧；赤裸地前進。柱子光禿禿的；什麼吉兆都沒有；沒有投下任何陰影；絢麗奪目；樸實無華。我於是掉落回來，不再渴求什麼，只想離去，尋找那條街道，記下各個建築物，向賣蘋果的婦人打招呼，對來開門的女僕說：天上好多星星。

「晚安，晚安。你走這邊嗎？」

「唉，我走那一邊。」

邱植物園

橢圓形的花壇冒出或有上百的花莖，花莖半中以上散列著心形、舌形的葉子，頂端綻放或紅或藍或黃的花瓣，表面點綴著許多凸起的有色小點，而從或紅或藍或黃的花喉陰暗處標出一根筆直的花蕊，上面佈滿粗糙不平的金黃花粉，在尾端稍稍凝聚成堆。花瓣繁多，足以隨著夏日的微風舞動，擺動時，紅光、藍光、黃光彼此交織，玷染了地下一吋方圓的褐色泥土，形成一個顏色最最複雜的圓點。光線或是照在一塊小石平滑灰黑的背面，又或，照在蝸牛赤褐色環狀螺紋的殼上，再不就落在一顆小雨滴上，薄細的水壁紅藍黃光鼓脹得如此劇烈，看似隨時都會爆裂，消失。然而，雨滴卻維持了一、兩秒之久，再次呈銀灰色。此時光線駐留在一片葉肉上，顯露葉面下纖維的分枝岔線，之後，它再前移，將其亮光灑在心形和舌形花葉圓頂下大片的綠色空間上。這時微風略略強烈了些，在頭頂吹動，花色閃入頭上的天空，閃入了七月天在邱植物園散步的男男女女的眼中。

這些零零散散的走過花壇的男女人物，動作不整齊得不合常理，與在花壇與花壇間左穿右插飛越草地的白藍蝴蝶並無差異。男的走在女的前面大約六吋左右，漫不經心地踱步，女的則較專注，只是偶爾回過頭看看小孩是否離身太遠。男的刻意和女的保持這種距離，不過或許只是出於下意識，只因為他不想打斷心中的思路。

「十五年前我和百合一起到這兒來，」他心中想道。「我們坐在那邊什麼地方的一個湖邊，一整個熱燙燙的下午，我都在懇求她嫁給我。蜻蜓不停地繞著我們飛啊飛的：蜻蜓，還有她鞋頭上的銀色方形釦環，我是看得多麼的清楚啊。我在講話的時候，一直都看著她的鞋子，看到它不耐煩地移來移去，不用抬頭，我就知道她要說些什麼：她整個人似乎都繫在那隻鞋子上。而我的愛，我的慾，全繫在那隻蜻蜓上；出於某種理由，我心想，蜻蜓要是停在那兒，停在那片葉上，那片中間有朵紅花的大葉子上，要是蜻蜓停在那葉上，她會立刻說『好』。然而蜻蜓是繞來繞去地飛啊飛：什麼地方也沒停——當然是沒停，幸好沒停，否則我現在就不會和愛蓮娜，以及孩子們在這兒散步了。「愛蓮娜，我問妳，妳會不會回想過去的事情？」

「賽門，你問這幹嘛？」

「因為我剛剛在想起過去的事情，想起百合，那個我有點可能和她結婚的女人……咦，妳怎麼不講話？我回想起過去的事，妳不高興啦？」

「賽門，我幹嘛要不高興？人們在植物園散步時，看到樹下躺著的男男女女，可不常叫人想起過去嗎？那些男男女女可不就是自己的過去嗎？那些男的，女的，那些躺在樹下的幽魂……可不就是自己的快樂，自己的現實所唯一剩下的東西嗎？」

「對我來說，那東西是塊銀色的方形鞋子釦環，以及一隻蜻蜓——」

「對我來說，那是個吻。想當初二十年前，六個小女孩在那邊湖邊，各自坐在畫架前畫睡蓮，我平生第一次見到的紅色睡蓮。而突然間，在我後頸上，有人吻了一下。整個下午我的手都抖個不停，我無法作畫。我脫下手錶計時，只准自己回憶五分鐘——那個吻太珍貴了——一位鼻上長了顆瘤的白髮老太太的吻，那是我生命中一切的吻的源頭。走吧，嘉洛琳，來吧，休伯特。」

他們走過花壇，這時是四人並排，不久，就在樹叢中縮小了身影，而陽光和一塊塊不成形的陰影搖搖晃晃的在他們背上遊蕩，使他們看來成了半透明狀。

在橢圓形的花壇裡，那蝸殼被玷染成紅藍黃色一、兩分鐘之久的蝸牛，此時似乎先躲在殼裡輕輕挪動了一下，然後再吃力地爬過鬆軟的泥屑，牠每爬一下，泥屑便隨之鬆倒，滑落。蝸牛在前方彷似有個明確的目標，與那昂首闊步頭上長角的奇異綠色昆蟲不同。綠色昆蟲試圖跨過前面的蝸牛，卻遲疑了一下，牠抖動觸鬚，儼然在沈思慎慮，之後，隨即快速地，古怪地朝相反的方向離去。在蝸牛前往目的地的進程中，每一枝花莖與花莖之間均橫阻著各種的物類——赤褐的懸崖，崖底碧綠的深潭；從根到頂全身搖晃，樹身刀刃般扁平的樹木；灰黑的大圓石；一大塊表皮起皺，肌理結構薄細，劈啪聲響的葉片。在牠尚未決定是否繞過一個拱起的腐葉天幕，抑或奮力挺進之前，又有了人類的腳步走過花壇。

這一次，走過的兩人都是男的。年輕的那一個，表情冷靜得或許有點不自然。在他同伴說話時，他抬起眼瞼，眼睛定定地注視前方，而在他同伴說完話時，他又再次逕自看著地面，經過了好一陣的沈默之後，才偶爾張張嘴，有時甚至張都不張。年長的那一位走路十分奇特，很不順，很不穩，他手向前急推，頭向上猛拉，有點像匹在屋外等得不耐煩的拉車馬匹，然而這些動作，從這男人身上看來，則顯得毫無意義，沒有目的。他幾乎是說個不停，說完，對自己微微一笑，然後又繼續說，彷彿那微笑就是個回答。他在談靈魂——談死人的靈魂，按照他的說法，就在此刻，死人正在向他述說他們在天堂上經歷的種種奇怪事項。

「威廉，古人把天堂叫做塞撒利，而現在，在這場戰事中，靈魂就像雷電一樣在山嶽間翻騰。」他頓了頓，彷彿在傾聽什麼，然後微微一笑，頭猛力一拉，繼續說道：

「你有個小電池，和一塊絕緣電線的橡膠——絕緣？——絕緣？哦，跳開細節不講了，沒必要講些人家聽不懂的細節——總之那小機器就放在床頭一個很方便的位置，就說，放在一個很漂亮的紅木架子上吧。一切安排都在我的指示之下，由工人很切確地安置妥當了，那寡婦於是運用她的耳朵，以雙方約定的手勢召喚靈魂。女人！寡婦！穿黑衣的女人——」

說到這兒，他似乎捕捉到了前方一位女士的衣服，在陰影下，那衣服看來呈紫黑色。他脫下帽子，把手貼在心胸上，急忙忙向她趕上去，口中唸唸有詞，狂熱地打著手勢。威廉及時抓住他的袖子，用手杖杖頭點了點一朵花朵，分散老先生的注意力。老先生茫然地看了花朵一會兒，然後彎身把耳朵湊上去，彷彿在回答從花朵中傳來的說話聲。他開始述說數百年前，他在一位全歐洲最美麗的年輕姑娘下的陪伴下，前往烏拉圭森林區的情景。只聽他喃喃而言，說是烏拉圭的森林滿地舖蓋柔軟亮麗的熱帶玫瑰花瓣，到處都是夜鶯，海灘，美人魚，還有大海淹死的女人。這時他讓威廉逼著往前走，只見威廉的臉上逐漸露出一股禁慾者的耐性，臉色越來越沈。

緊跟在他腳步後面，被他的種種手勢引得有點困惑的是兩位上了年紀的中下階級老太太，其中一位身材肥碩，沈甸甸的，另一位面頰紅潤，動作輕快。就像大部分她們那一階層的人，對於任何由於神經錯亂所引發的古怪行徑，尤其是有錢人家的，她們都毫無保留地露出盎然的興致。但她們離得稍稍遠了些，搞不清楚老先生的行徑究竟只是古怪，還是他真的瘋了。她們在他背後默默審視了一會兒之後，彼此交換了個滑稽頑皮的表情，然後繼續精力十足地拼湊她們十分複雜的對話：

「奈爾，伯特，萊特，塞斯，費爾，爸，他說，我說，她說，我說，我說——」

「我們伯特，小妹，比爾，爺爺，老頭子，糖，

糖，麵粉，燻鯡魚，蔬菜，

糖，糖，糖。」

那位體型沈甸甸的老太太，帶著奇怪的表情，透過她那滑落的詞語模式，看著冷冷，穩穩，直直的屹立在泥土上的花朵。她把花朵看成從沈睡中起來行走的夢遊人，那夢遊人

看到一個反射出不尋常光線的銅燭台，於是閉上了眼睛，然後再張開，但張開時依舊看到那燭台。最後，他完全清醒過來，使盡全力瞪視那燭台。因此，那胖女人走到橢圓形花壇對面時，駐足不動，甚至不再假裝在聽另一女人說些什麼。她站在那兒，讓詞語從她身上滑落，慢慢地擺動上半身，先向前再向後，看著花朵。之後，她提議去找張椅子坐下喝茶。

那蝸牛已考慮過了一切可行的辦法，思考如何可以繞過或爬過腐葉到達目的地。且不說爬過一片葉子要費多大力氣，那腐葉薄細的肌理，牠的觸角端頂只要輕輕一碰，就震動得劈啪聲叫，豈經得起牠的體重。於是，牠最後決定從葉下爬過；葉子有一小部分拱起，高度足以容納牠。牠剛把頭伸入那空隙，享受赤褐色的高高的屋頂，習慣於赤褐色的陰涼光線，就又有兩個人走過外面的草地。這一次，兩人都很年輕，一位年輕的男士和一位年輕的女士。他們正處於青春的高峰，甚或高峰之前的年華，處於花朵尚未衝破膠黏狀態，平順粉紅的花瓣尚未綻放的年華，就如雙翅雖已成長的蝴蝶，但在陽光下，仍然一動不動。

「幸好今天不是星期五。」他說。

「為什麼？你相信運氣的嗎？」

「星期五要付六便士的門票。」

「六便士算什麼？這不值得六便士嗎？」

「什麼是『這』——妳指的『這』，是什麼？」

「哦，隨便什麼——我是指——你知道我指什麼。」

他們每一個話語都是停頓了半天才接下去的，說話的聲調無起伏，聲音單調無味。這一對男女依舊站在花壇邊緣，兩人合力把她手上的陽傘尖端深深壓入鬆軟的土中。他的手壓在她的手上面這件動作，這件事實，現以一種奇怪的方式表達了他們的感情，而那些簡短無甚意義的詞語也表達了某些東西。那些詞語翅膀短小，要承載意義沈重的身軀是不足夠的，承載不了多遠，就會笨拙地掉落在他們周圍十分平凡的事物上，而對他們那無經驗的碰觸，震撼卻是如此巨大；然而誰知道（他們共同把陽傘壓入土中時，他們心想）當中不是隱藏了些什麼深淵，又或，在山坡另一面，冰雪不是在陽光下閃耀呢？誰知道呢？有誰見過呢？而甚至就在她問起，不知邱植物園裡餐廳提供的是什麼種類的茶時，他也覺得在她的話語背後隱約出現了什麼東西，巨大無比實實在在地站在他們身後。而霧氣慢慢升起，顯露了——哦，老天，那是些什麼啊？——小小的白色桌子，以及女侍應，她們先看看她，再看看他；還有他得付錢的帳單，用真實的兩先令去付的，那是真實的，完全真實的，他向自己保證，一邊伸手摸摸口袋中的銅板，那對誰都是真實的，除了對他，和她。而即使對他，似乎也開始變得真實了，然而——那叫人太興奮了，不能再站在那兒呆想下去，他於是用力一拉，把傘從土中拔出來，就像其他人一樣，迫不及待地要去尋找那和其他人一道喝茶的地方。

「翠西，走吧，早該喝我們的茶去了。」

「人能到那兒喝自己的茶呢？」她問話的聲音帶著十分古怪的激盪興奮之情，含糊地看看四周，然後任憑自己被拉著沿草地走下去，身後拖著那把陽傘。她頭東轉轉，西轉轉，想往那邊走，再往那邊走，心中記起了野花叢中的蘭花和白鶴，中國寶塔和紅冠鳥，然而他催她向前。

於是，一對接著一對的人走過花壇，動作都差不多一樣的不合常規，一樣的漫無目的。他們一層又一層地包裹在藍綠色的霧氣之中，身體起初還有形體，還有一滴滴的顏色，之後，形體和顏色都融化在藍綠色的大氣中。好熱！熱得連歌鶇鳥也只好選擇單腳跳行，在花叢陰影下，像隻機器鳥，一腳跳完，要停頓好一陣子才又跳另一腳；白色的蝴蝶不是漫天飛騰，而是一隻疊在另一隻上面飛舞。瞬息萬動的片片白片，在長得最高的花叢上，形成了一根白色的大理石柱，搖搖欲墜地；那棕櫚樹屋的玻璃屋頂閃閃發亮，彷彿一個擺滿閃亮綠傘的市場，在陽光下開市；而在飛機的嗡嗡聲中，夏日的天空低低地吐出它兇悍的氣息。黃與黑，粉紅與雪白，這些顏色所形成的外形、男人、女人、小孩，全在水平線上出現了一下下。之後他們看到了草地上那條黃色的寬度，猶豫了一下，就躲到樹下去尋找樹蔭，像水珠一樣融化在黃綠色的大氣中，把大氣輕輕給抹上了一抹的紅與藍。看來彷彿所有肥胖而沈重的軀體都在暑氣中消沈了下去，一動也不動地，在地上躺成一堆，然而聲音卻從他們口中搖曳而出，像是從蠟燭粗厚平滑的軀體竄出的火焰。人聲。是的，人聲。無語的人聲，帶著如此深度的滿足，如此的欲望，突然打破了沈寂，又或，在孩童的聲音中，帶著如此新鮮的驚奇；打破沈寂?可是本來並無沈寂；機動公共汽車一直都不停地在轉動輪子，變換排檔;這個城市像一只多層的中國盒子。一個套一個，全都是精鋼鑄造的，每一個都不停地在另一個裡面轉動，這個城市在喋喋不休地低語；而在其上，人聲喧囂，千萬花瓣在空中閃爍其五顏六彩。

牆上的斑點

我第一次抬頭看到牆上的那個斑點，可能是在今年的一年中旬。為了要確定日期，我們還得先想一想我當時看到了些什麼。於是我想起了火爐；想起了照在我書頁上的一層穩定不閃的黃光；壁爐上圓形玻璃碗上的三朵菊花。沒錯，那一定是在冬天，是在我們剛喝完茶之後，因為我記得我第一次抬頭看見牆上那個斑點時，我正在抽煙。透過香煙的煙霧我抬頭向上看，眼睛在熊熊的炭火上駐留了一會兒，心中湧上了城堡塔上飄揚的猩紅旗子的舊時幻想，我想起了紅色騎士的騎馬隊伍騎到了黑色的大石旁邊。但在看到牆上的斑點時，我的幻想給打斷了，那倒叫我鬆了口氣。那是個古老的幻想，不由自主的幻想，可能是兒時產生的。那斑點是個小圓點，白牆上黑黑的一點，約在壁爐上方六、七吋左右的位置。

我們看見新的事物時，思想是多麼的容易湧現啊；起先開啟了一條小路，像螞蟻搬運一片草葉那樣的熱烈，然後讓……假如那斑點是釘子留下的，那釘子掛的不可能是幅肖像畫，而該只是幅小畫像——是一幅仕女的小畫像，仕女上了粉的白色鬈髮，撲了粉的面頰，紅得像康乃馨的紅唇。這當然不會是真的，因為這個房子的前任業主應會選擇掛些肖像畫——古老的房子本就該掛古老的畫像。他們就是這樣的人——非常有趣的人。我常常想起他們，但卻總在這麼奇怪的地方想起。我是再也不會見到他們了，也不會知道之後發生了些什麼事。他們想搬離這個房子，因為他們想換一換家具的風格，他是那麼說的，而就在他說，照他的看法，藝術背後應有思想的時候，我們就被人撕裂分開了，這情形就像我們在老太太即將倒出茶時，被人扯開一樣，又或像城郊大宅後院的年輕人，在他即將接打網球時，我們坐在火車裡卻飛馳而過。

至於那個斑點，我則不是怎麼肯定；但不管怎麼說，相信一定不是釘子釘出來的；那斑點太大，太圓，不會是釘子釘的。我大可站起身來，但如果我站起身去看，十之八九我也無法肯定，因為一旦一件事情完成之後，沒人能夠知道那究竟是怎麼發生的。哦！老天，生命的神祕；思想的不準確！人類的無知！為了證明我們對自己的所有物的控制力是多麼的渺小，（——儘管人類有這麼久的歷史，我們的生活卻是這麼的偶然——）就讓我來數說幾件生命中丟失的東西吧，首先，這一件似乎永遠都是丟失得最神祕的——是些貓會咬，老鼠會啃的東西——那可是三罐裝在淡藍色罐子裡的釘書用具？此外，丟的東西還有鳥籠、鐵圈、鋼滑板、安女王煤筐、記事板、手風琴——全都不見了，還有珠寶也是。貓眼石、綠寶石，統統散在菜頭根周邊。啊，這類事情可真瑣碎得啊！奇的倒是此刻我還坐在這兒，四周都是真材實料的家具，而背上竟然還穿著衣服。怎麼說呢，要是我們想把生命比擬成什麼的話，那就一定要把它比喻成它是以每小時五十哩的速度從地鐵管道吹過，而當它從另一端掉落時，頭上是連根髮夾都不會有的！全身赤裸射出掉落在上帝腳邊！在阿福花草地上頭腳翻滾，像從郵局滑槽滾下的褐紙包裹！頭髮向後飛揚，像賽馬的馬尾。

對，那似乎表達生命的快速，不斷地浪費，不停地修補；一切是如此偶然，是如此隨便……

然而生命完結之後呢。粗壯的綠莖慢慢下拉，花朵聖杯翻轉，讓人浸染在紫紅光之中。不管怎麼說，人為什麼不出生在其他地方，卻要生在這兒呢，無助，無言，視力無法集中，在青草根下摸索，在巨人指邊摸索？至於說哪些是樹，哪些是男的，是女的，又或究竟有沒有這樣的東西，人不到五十左右的年紀，是沒有條件判斷的。除了花桿與花桿之間分隔呈現出來的光與暗之外，那兒什麼都沒有，或許在稍高之處，會有些玫瑰花狀的污漬，顏色模糊——淡紅，淡藍的——而隨著時間的流逝，那會變得越加明確，變成——我不知道變成什麼……

然而牆上那個斑點根本就不是一個洞。那甚至可能是由什麼黑色圓形的東西所造成的，例如一小片玫瑰葉子，打從夏天就留在那兒了。而我，打理家務時並不細心——舉個例，看看爐架上的塵埃就知道了，就如他們所說，塵埃可覆蓋特洛伊城三層之厚，只有古蹟的鍋鍋碗碗拒絕被毀滅，如我們所信。

窗外的樹木輕輕地打在玻璃上……我想靜靜地，從容地，天南地北地思想，不要被打斷，不需離開座椅，可輕鬆地從一件想到另一件，全無敵意，也無障礙。我想沈入更深，更深層，離開表層，進入個別確鑿事實。為了穩定自己，我不妨抓住第一個浮現的念頭……莎士比亞……啊，他也行。一個穩坐在扶手椅裡的男人，他眼望爐火，而——一堆堆的思想從什麼超高的天上不斷掉落，穿過他腦袋。他一手撐額，而人們，從打開的門口往裡張望——這一幕，是該出現在夏日的夜晚的——可是那多無趣，這個歷史小說！我一點也不覺有趣。但願我能碰撞上一條悅人的思路，一條間接反映我的本領的思路，這類想法十分悅人，且常出現在那麼謙恭不愛表現的人的心裡，他們誠心相信，他們不喜歡聽到人家對他們的讚美。這類想法並不直接讚揚某人本身；這是精彩之處；例如：

「然後我進入房間。他們在討論植物。我說我在肯斯威一所舊房子的一堆塵堆上看到了一朵花。我說，那種子，必定是在查理一世時就種下去的。查理一世時種些什麼花呢？」我問——（我不記得人家是怎麼回答的。）大概是高桿帶紫色花纓的吧。就這麼扯下去。我一路在心中裝扮自己的形象，帶著憐愛的心情，偷偷的，不敢公然的讚揚自己，假如公然的話，那我就會自我指正，而為了自保就會馬上伸手去找書來證明。說來奇怪，我們是何等的馬馬虎虎，沒有努力地保護自己的形象以免被偶像化，或被醜化，或過於不像自己，以至無人相信。又或，這本來就是不足為奇的呢？但這件事可十分重要。假如說鏡子破滅，影像消失，那身處森林深處，四周一片翠綠環繞的浪漫人物不再存在，剩下的只是別人看到的軀殼——那世界會變得多麼的窒悶，多麼膚淺、光禿、突兀！變得不適於住人。當我們在公共汽車上，在地鐵裡大家面對面時，我們看的是鏡子；那也解釋了為什麼我們會眼神模糊，目光呆滯。未來的小說家會越來越了解這些影像的重要，當然，影像並不是只有一個，而是無數個。這些都是他們要探討的深奧之處，是他們要追尋的幻影。在故事中，現實的描述會越來越簡略，理所當然把那當成常識，就像古希臘人，又或莎士比亞——但這種通論式的說法沒有什麼價值。「通論式」這個詞語的發音就夠叫人膽寒了，那叫人想起社論，想起內閣部長——說真的，有一大堆的東西，我們在孩童時代，想的就是那東西本身，那標準化的東西，那真實的東西，我們不敢偏離，除非甘冒墮入十八層地獄之險。使用通論式詞語，那就會有倫敦的星期天，星期天的午後散步，星期天午餐之類的東西出現，以及談論死亡、衣服、習慣的方式——就像大家齊坐一個室內，一直坐到某個時刻的習慣，儘管誰都不喜歡。樣樣事情都有一條規則。在那特別的時段，關於桌布的規則是：桌布一定是錦織的，上面有一小塊一小塊的黃色分格，就像在照片上看見的宮廷走廊上的地毯。其他種類的桌布就不叫真正的桌布。然而發現這些真正的東西，例如星期天的午餐，星期天的散步，鄉間大屋，桌布等等並不是完全真實的，事實上是半幽魂的，那可多叫人震驚，然而卻又多麼美妙啊。而那降臨異信者身上的天譴其實也不過是種不合法的自由之感罷了。那些真正的，標準化的東西目前可知是由什麼來取代的嗎？答案可能是男人吧，假如您是位女性的話；那主導我們生命，訂定標準，建立惠特克的餐桌次序的男性觀點，我想，自從世界大戰以來，對許多男性、女性來說已變成半幽魂了，將會很快，（希望如此，）被丟入垃圾筒，丟入幽魂的歸處。此外，紅木櫥櫃、蘭西爾的版畫、上帝、魔鬼、地獄諸如此類的也都丟了吧，讓我們都享有一種不合法之自由的陶醉感——假如真有自由這回事……

在某種光線下，牆上那個斑點看似真的是從牆上投射出來的。那斑點也不完全是圓的。我無法確定，但它看來像是投下了個肉眼看得見的影子，表示如果我手指沿著牆上那一道表皮摸下去，在某個地方會摸到一塊拱起的小塚，一個平滑的小塚，就像南丘的那些小山丘。他們說，那些山丘要不是墳墓，就是營地。要在兩者選其一，我倒希望是墳墓。我就像大部分的英國人，想得很憂鬱，而在散步走到盡頭時，想起草皮下橫躺著白骨，倒也十分自然……一定會有什麼書討論到這個問題。一定有些什麼考古學家把那些骨頭挖了起來，命了名……不知道考古學家是什麼樣的人？大部分想是退休的上校吧，他們領一群上了年紀的工人到這兒頂上來檢驗泥塊和石頭，和鄰近的神職人員通信討論。神職人員一早吃飯看到了來信，心中升起一股受尊重之感，而那關於箭頭的比較的問題，使他們必須翻山越水到縣郡市鎮去。這種差事，他們本身和他們的老妻們都欣然同意。老妻們想做李子醬，想清掃書房，而關於那個究竟是營地還是墳墓的偉大問題，她們有一百個理由希望它永遠是個懸疑。而上校本人，他在收集兩方面的證據上，覺得自己十分開通。沒錯，他最後確實傾向於相信營地之說，在受到反對時，還撰寫了本小冊子，準備在當地學會的季會上宣讀。可惜他慘遭中風，一臥不起，而他最後一刻想到的不是妻子，不是兒女，而是營地，以及那塊箭頭。此刻，那箭頭躺在該地博物館的一個箱子裡，放在一起的還有一隻中國女兇犯的腳，一整把伊莉莎白女王時代的釘子，一大堆都鐸王朝時代的陶製煙斗，一件羅馬式的陶器，以及納爾遜海軍上將喝什麼用的酒杯——這證明我真的不知道他喝的是什麼。

不是，不是，什麼都沒獲得證明，我們什麼都不知道。而假如我就在這一時刻起身，前去證實牆上的斑點真的是——怎麼說呢？——是個巨釘的釘頭，兩百年前釘進牆去的，由於歷代眾女僕的耐心擦拭，現在在油漆外層上露出釘頭來，在一個有白色牆壁，點著爐火的房間裡，首次見識了現代人的生活，那我又有何收穫？——知識？進一步推測的材料？那倒一動不如一靜。何況知識是什麼？我們的飽學之士，除了是那些女巫和隱士的子孫之外，還會是什麼樣的人呢？他們那些祖先，蹲伏在山洞裡，在樹林裡煉藥，審訊鼩鼱，書寫星座的語言。當迷信逐步減低，我們增加對美，對健康的心智的敬重……對，我們可以想像，世界將會十分怡人。一個寧靜、寬闊的世界，原野上的花朵是那麼的紅，那麼的藍。一個沒有專家，沒有專才的世界，也沒有警察外型的管家。一個我們可以用思想去切割的世界，就像條魚用魚鰭切割水那樣，咬食水蓮的莖，懸掛在一窩窩白色的海鳥蛋上……在這海水深處，處身在這世界的中心，透過灰白的海水向上眺望，海水驟然露出絲絲微光和倒影，那是多麼的祥和啊——要不是因為有了《惠特克的曆法》——要不是因為有了《餐桌次序》，那該多好！

我必須跳起身來去看看牆上那斑點究竟是什麼——是顆釘子，是片玫瑰葉子，還是個木頭的裂縫？

在這兒，大自然又在玩她古老的自我保存的遊戲。這種思路，在她看來，所危害的只不過是精力上的一點浪費罷了，又或是對現實的一些衝撞而已，想想看，惠特克的餐桌坐次，誰敢動他一根毫髮？坎特培里大主教之後是大法官；大法官之後是約克大主教。每一個人都是跟在某某人之後，這是惠特克的哲學，而最重要的是要知道誰跟在誰之後。大自然指導我們，說是惠特克是明白道理的，且讓那慰藉我們吧，而非被它觸怒，但如果你不受慰藉，而必須粉碎這個寧靜的時刻，那就去想想牆上的斑點吧。

我瞭解大自然的遊戲——她對任何有製造刺激或痛苦之虞的思考，即刻採取行動制止。因此，我想，我們對採取行動的男人，稍稍有點瞧不起——男人，我們相信，他們是不思想的。然而，抬頭去看看牆上的斑點，藉此把不愉快的思緒劃上句號，那也沒什麼損害。

真的，我現在眼睛就在注視著那個斑點，我覺得像在大海中抓住了一塊木板，我感到一股現實的滿足感，即刻把兩位大主教和大法官變成陰影中的影子。我感到了一些確定且真實的東西。因此，在夜半從惡夢中醒來時，趕快開燈，躺著不動，心中膜拜衣櫃，膜拜實體，膜拜現實，膜拜那個非人類的世界，它證明除了我們之外還存在別的實體。那才是我們想加以確定的……木頭是個值得一想的東西。它來自樹木。而樹木成長，但我們並不知道樹木是如何成長的。許多，許多年來，樹木在草地上，在森林裡，在河邊成長，完全不理會別人——這些都是可思考的東西。在炎熱的下午，母牛颼颼甩動尾巴；樹木把河流漆染得如此翠綠，當人看到有松雞潛入水中，不禁預想在牠復出水面時，身上羽毛也是一片蒼翠。我喜歡想像魚兒逆水漂浮，彷如旗子迎風飄揚的情景；想像水棲甲蟲緩慢地在岸邊堆砌泥巴的情景。我喜歡思考樹木：首先是身體靠近木頭的乾燥感；之後是暴風雨的折磨；之後是緩緩滲出的可口樹脂。我也喜歡想像樹木在冬夜中屹立曠野的情景，葉子全部捲起，暴露在月光的鐵彈下，一點溫柔之感都沒有，像支光禿禿的桅桿，矗立在大地上，整個晚上不停地傾塌，再傾塌。六月天，鳥兒的歌聲聽來想必十分高昂，十分奇特；而當昆蟲吃力的爬過樹皮的皺縫，又或躲在薄薄的綠葉隱蔽處曬太陽時，鑽石形的紅色眼珠直視前方……不知那時牠們的腳感到有多寒冷。在地球巨大的寒冷壓力下，纖維一根一根折斷，之後，最後的暴風雨降臨來襲，最高的樹枝再次深入土中。即使如此，生命並沒有完結；仍有數以百萬計的生命，耐心地，留意地等待樹木，他們遍及全世界，在臥室裡，在船上，在人行道上，在客廳裡，在人們茶餘飯後坐著抽煙的客廳裡。想到樹，叫我心中充滿了祥和的思想，快樂的思想。我想分開一件一件來——然而思路有了障礙……我剛才說到哪兒了？到底在講些什麼啊？一棵樹？一條河？南北丘？惠特克的曆法？阿福花田？我一件都記不得。樣樣東西都在移動，在掉落，在滑走，在消失……有一巨陣的騷動。有人站在我面前，說：

「我要出去買份報紙。」

「啊？」

「雖然報紙沒什麼好買的……沒什麼新聞。可惡的戰爭；該死的戰爭！……不管它了，可我就是不懂牆上怎麼會有隻蝸牛。」

啊，牆上的斑點！原來是隻蝸牛。

新衣服

美寶脫下披巾時，心中首次真正感到點疑惑，覺得事情有點不對勁，而當布奈太太，一面遞給她鏡子，一面摸摸梳妝台上的梳子，有意引她，或許還有點露骨的，到她注意那些各式各樣梳理和美化頭髮、膚色、衣物的用具時，更加證實了她的疑慮——事情是不對勁，是不太對勁。在她上樓時，疑慮愈加強烈，而當她和克拉瑞莎．達勒威打招呼時，就更是深信不疑了。於是，她逕自走到房間的尾端，走到尾端一個陰暗的角落，那兒掛著一面大鏡子。她往鏡中一看。唉啊！是不**對勁**。她那一向設法隱藏的悲情，那深深的不如意感，打從孩童時代就存在的低人一等的自卑感，即刻湧上心來，無情地，殘酷地，強烈得使她揮之不去，不能像夜晚在家醒來時那樣，藉著閱讀博羅或史考特的作品來驅除；因為，哦，那些男士，哦，那些女士，他們心中都在想——「美寶穿的是什麼東西呀？她看來好恐怖喲！多醜的一件新衣服哪！」——他們走上前來打招呼時，眼瞼閃爍不定，之後，緊緊閉上。但叫她喪氣的是她自己的嚴重缺失；自己的懦弱；自己那滲了水的卑微血統。而那個房間，她和那小裁縫花了那麼多小時在那兒研磨的房間，頃刻之間彷彿變得污穢不堪，叫人噁心；她自己家那間會客室也顯得寒傖無比。當她出門時，她還洋溢著虛榮的神情，伸手摸摸走廊桌上放著的信件，說道，「多無聊！」藉此炫耀一下——這一切，現在看來都顯得了無意義，微不足道，小家子氣。這一切，都在她踏入達勒威太太的會客廳那一剎那，徹頭徹尾地摧毀了，戳破了，炸毀了。

那天晚上喝茶時刻，當她接到達勒威太太的請帖時，她中所想的是，她當然不能湊時髦。就是想冒充一下都會很可笑——時髦代表剪裁，代表時尚，代表至少三十基尼金幣，——自己有些創意有什麼不可以？不管怎麼說，為什麼不能保持自己的風格？於是，她起身拿出她母親那本古老的時裝雜誌，一本拿破崙王朝時代的巴黎時裝雜誌，心想那時的女人比現代人漂亮多了，莊嚴多了，有女人味得多了，於是她決定讓自己——哦，那可真愚蠢——設法變得像她們那樣，但事實上，由於模樣謙虛，式樣雖古老些，但卻也十分迷人，同時可藉此讓她炫耀一下自己，且毫無疑問，還可讓自己恣意於自愛自憐之中，這一點，倒是該遭譴責的。因此，她就如此裝扮自己出場了。

然而，她卻不敢照鏡子。她不能面對那恐怖的景像——那淡黃色傻瓜似的舊式絲質晚裝，裙長，袖泡，腰細，在時裝雜誌裡看來是那麼的迷人，但穿在她身上卻走了樣，處身這群普通老百姓之中是表現不出來的。她自覺像個裁縫店裡的假人，站在那兒讓年輕人戳針。

「可是漂亮得很啊！」蘿絲．蕭這麼說。她上下打量美寶，嘴唇微微噘起，帶著不出美寶所料的諷刺神情——蘿絲本人穿的是最新流行的服飾，就像其他每一個人一樣，永遠都是最新時尚。

「我們都像掉在碟子裡的蒼蠅，努力想爬出碟緣。」美寶心中想道，接著又重複了一次，彷彿在胸前劃了個十字，彷彿在尋找什麼咒語來消除痛苦，來忍受痛楚。莎士比亞作品中的引語，多年前閱讀的句子，在她痛苦中，突然間出現在她腦海中，她於是一次又一次的重複。「努力爬行的蒼蠅，」她重複了一次。假如她能多唸幾次，且讓自己看見了蒼蠅，那她就會變得麻木、冰冷、凍結、遲鈍。於是，她看到了一堆蒼蠅慢慢地從一個牛奶碟子中爬出來，翅膀黏成一團；她努力又努力（人站在鏡子前，耳聽蘿絲・蕭講話）叫自己把蘿絲・蕭，以及其他所有在場的人都看成了蒼蠅，看成一群想把自己從什麼東西提升出來，還是放進去的一群渺小，卑微，營營碌碌的蒼蠅。可是她無法把其他人看成那樣，不行。她看到自己是那樣——她是蒼蠅，別人可是蜻蜓，是蝴蝶，是漂亮的昆蟲，他們飛舞，拍翼，低飛；而她，獨自一人，辛苦地從碟中爬起來。（嫉妒與怨恨，這兩樣最可惡的惡習，是她主要的缺點。）

「我覺得我像隻又衰又俗，又老又邋的蒼蠅。」她說，說得讓羅伯特・海登停下了腳步，特地聽她這麼說；說得足以向自己保證，她自己一點也沒趕不上什麼潮流，因為她可以把一句差勁無力的句子翻新，顯示自己的獨立，自己的機智。而羅伯特・海登自然是很客氣的，了無誠意的回答了些什麼，她是一眼就看穿。他逕自走了，她則對自己說（依舊是從書本上抄來的）「謊言，謊言，謊言！」在宴會中，事情會變得更加真實，或更加不真實，她心想。一閃之間她就看到了羅伯特・海登的內心底處；她看穿了一切。她看到了真實。**這個**是真實的，這間客廳，這個自己，以及其他的，是虛假的。米蘭小姐的裁縫室其實是熱得要命，通風不良，又污穢；房間充滿布料的味道，和燒煮的白菜味，可是當米蘭小姐把鏡子放在她手裡，她看著穿上完了工的新衣服的自己時，心中貫穿一股極端快樂的幸福感。在光線瀰漫中，她躍然而立。身上沒有了憂煩和皺紋，她一輩子夢想的東西出現了——一個漂亮的女人。等一等（她不敢照鏡子照得太久，米蘭小姐想看看裙子的長度），在那兒看著她的，看著框在紅木框中的她的，是一位頭髮灰白，笑得很神祕的漂亮女孩，那是她本人的核心，是她的靈魂；而那不只是虛榮，不只是自愛自憐才讓她覺得一切美好、柔和、真實。米蘭小姐說裙子不能再長；假如說真有什麼地方需要改的話，米蘭小姐皺著額頭，她使盡全力在思考，她說那就把裙子改短一點吧。她猛然間，真心地覺得心中對米蘭小姐充滿了愛，她喜歡米蘭小姐，遠遠，遠遠超過世界上其他的人。看到她跪在地上，嘴巴咬著一大口小針，臉脹得通紅，眼睛鼓鼓的，美寶覺得不忍，她想掉眼淚——竟然有人需要為另一個人做這樣的事。她認為大家都不過是人罷了，但她卻去參加宴會，而米蘭太太做的，不過是拉下金絲雀的籠罩，又或嘴上咬著麻仁讓牠去啄。想到這兒，想到人性的這一面，人性中的堅忍與堅毅，對如此悲慘、微薄、髒亂、細小的樂趣卻仍感到滿足的一面，她眼中充滿了淚水。

如今，一切都消失了。衣服、房間、愛、憐憫、走馬燈式的鏡子、金絲雀籠——全部都消失了，她躲在達勒威太太客廳的一角，忍受折磨，對現實大醒大悟。

然而以她的年紀，且又有了兩個孩子，還那麼在意別人的看法，沒有自己的原則，沒有自己的主見，實在是太無用，太軟弱，太小家子氣了，她竟不能像其他人那麼樣的說：「莎士比亞就是這麼回事啦！死亡就是這麼回事啦！我們都是哪位船長餅乾上的象鼻蟲罷了！」——或是諸如此類人們所常說的。

她正視鏡中的自己；她拍拍左肩；她步入房間，槍矛彷彿一下子由四面八方向她的黃色衣裳投射。但她模樣既不兇狠，也不哀淒，要是蘿絲．蕭就會是這麼個模樣，蘿絲會看起來像勇猛的包迪西亞王后——美寶的樣子很可笑，很拘謹，像個小女生般地傻笑，彎腰垂頭地走過房間，其實是名副其實地溜了進去，彷似一隻被追打的雜種狗。她走過去看一幅圖畫，一幅版畫。彷彿像是專程前往宴會看畫的人！人人都知道她為什麼這麼做——那是出於羞愧，出於羞辱。

「蒼蠅現在掉入碟子裡了，」她對自己說，「掉在半中央，爬不出來，碟子裡還有牛奶，」她想，僵硬地瞪視圖畫，「翅膀黏成一團。」

「多麼的不合時尚，」她對查理斯．伯特說，使得他停下了腳步（他可是不怎麼情願的），他正要過去跟什麼人談話。

她指的是，或是設法讓自己相信，她指的是圖畫，而不是自己身上的衣服不合時尚。

而查理斯只要說句讚美的話，說句柔情的話，一切就會完全不同。要是他肯說一句，「美寶，妳今天晚上好美！」那她的生命就會改觀。不過到時她還是要直接面對真實。查理斯當然是不會那麼說。他這個人就是惡毒的代表。他總是能夠看穿人家，尤其是在別人感到特別卑微、無用、脆弱的時候。

「美寶穿了件新衣裳！」他說，可憐的蒼蠅完完全全給推入碟子的正中央去了。的確，他想要把她淹死，她相信。他沒心肝，沒基本的仁慈之心，有的只是虛情假意。米蘭小姐就真心得多，仁慈多了。但願我們能經常感覺得出來，且堅信不疑。「為什麼，」她問自己——她回答查理斯回答得太魯莽，讓他看出她發脾氣了，或如他所說「給惹毛」了（「有點給惹毛了？」他說，繼續和那邊哪個女人一道取笑她）——「為什麼」，她問自己，「我不能永遠覺得，覺得非常肯定米蘭小姐是對的，而查理斯是錯的，且堅信不移；肯定金絲雀，肯定同情與愛，而不是跑到這一房子人的房間來，一下子就讓人鞭過來打過去的？」這又是她那可惡的，搖擺不定的柔弱性格在做怪，總是在最關鍵的時刻讓步，不能認真的熱愛貝類學、字源學、植物學、人類學，熱愛切剖馬鈴薯，去觀察牠們開花結根，像瑪莉．丹尼斯，像懷奧蕾．西爾那樣。

這時，霍爾曼太太看到她站在那兒，於是向她逼過去。像衣服這麼樣的事情當然是不會引起霍爾曼太太的注意，她家小孩老是從樓上摔下樓來，老是患猩紅熱的。美寶能不能告訴她愛爾索坡大屋八月和九月租了人沒有？哦，這種談話簡直煩得她難以忍受！——讓人當成房屋仲介，還是信差的讓人使喚，這教她怒火中燒。沒價值，就這麼著，她想，一面想抓住些什麼實際的，什麼真實的東西，一面口中清晰地回答有關浴室，有關房子南面的情況，及屋頂熱水的問題。而在這當中，她一直都看得到圓形鏡子中自己黃色衣裳的片片小點，在鏡中都成了鞋釦或蝌蚪大小。想到在那不過三便士銅板大小的小片塊中，竟包藏了那麼多的羞辱、痛苦、自棄、努力，以及起起落落的激情，實在叫人難以置信。而更古怪的是，這個東西，這個美寶．韋仁，是與人分離的，是與人不相連結的；儘管霍爾曼太太（黑色的釦子）身體向前傾；告訴她，她大兒子跑步拉傷了心肌，她也看得出來，她在鏡子裡是相當的隔離的，儘管那黑點身向前傾，比手劃腳的，也絕不可能叫那黃點，孤獨坐在那兒，自想自的那個黃點，叫她感受到那黑點所感受的，然而她們都假裝如此。

「男孩子實在很難靜得下來。」——那是一般人所會回答的。

然而霍爾曼太太，她向來得不到足夠的同情，總是貪婪地搶奪那一點滴兒，彷彿那是她的權利（其實她該獲取更多的，那天早上她的小女孩膝蓋骨又紅腫了一塊），她接受這可憐兮兮的一點點同情，帶著懷疑的，卻又捨不得的神情在檢視，彷似那本該是一鎊，卻變成了半便士。她把它放入手提包裡，那雖微薄，小氣，但日子不景氣，十分的不景氣，不能不將就點兒。她繼續說下去，心靈受了傷的霍爾曼太太，吱吱嘎嘎述說她那關節紅腫的女兒。啊，可悲，這種貪婪，人類這種喧囂，就像一排的鵜鶘，一面拍打翅膀，一面鳴叫，爭取同情——是很可悲，人能不能真正感同身受，而不是僅僅假裝同情而已呢！

可是今天晚上穿著這件黃衣服，她一滴同情也多擠不出來；她自己需要，她需要留給自己。她知道（她繼續往鏡子中看，潛入那逼人而來的可怕藍色水池中）她受人非難，遭人輕視，被棄在這死水中，因為她是這麼個柔弱無用的東西；這件黃色衣裳似乎是她應受的苦罪。但她要是穿得像蘿絲．蕭一樣，穿上曲線畢露的漂亮綠裝，裙邊滾著天鵝絨，那她才真是罪有應得，想來她是逃不了的了——不管情形是哪一樣。但那畢竟不是她的錯。生在一個十口之家，錢向來是不夠用，大家總是省吃儉用，開支盡量削減，她母親買的都是大號的罐頭，樓梯地板布破了，而家中悲慘的小小慘劇總是一件又一件——也不是什麼大災難，例如羊的產量收成不好，但也不至全軍覆沒；她大哥娶了個身分不相稱的太太，但也不是那麼的糟——家中沒有什麼愛情故事，都是平平淡淡的。他們不算太失身分地退到海邊勝地去居住，就是現在，每一個海邊療養所都住著她哪個姑媽、姨媽的，前窗則不見得都是對著海。她們就是這幅模樣——總是歪著眼睛看東西。她也一樣——和她姑媽、姨媽一模一樣。她一生的夢想是住到印度去，嫁個像亨利．勞倫斯爵士這類的殖民王國建國英雄（看到包頭的印度人仍叫她充滿浪漫之情），但她卻一敗塗地。她嫁給赫伯特，他擁有一份法院的低職工作，安全而固定。他們勉強湊合住間小屋子，沒有正規的女僕。她一個人在家時，總是吃吃雜菜剩飯，或光吃些奶油麵包。而偶爾——霍爾曼太太神經脫了軌，她認為美寶是她所認識的人當中最乾涸，最無情，最枯瘦的女人，衣著總是荒謬怪誕的，她到處告訴人家美寶今天穿得多麼怪異——而偶爾，美寶．韋仁心想，她獨自一人坐在藍色沙發上，手捶著坐墊露出沈思狀，因她不想加入查理斯．伯特和蘿絲．蕭的談話；他們聒噪得像鵲鳥，在爐火那邊說不定就是在訕笑她——而偶爾，的確也有她甜美的時刻，例如，某天夜晚躺在床上看書，又或復活節時，到海邊沙灘上去曬曬太陽——就讓她回憶吧——一大簇淡顏色的沙草矗立，扭成一堆，像一捆向天空投擲的槍矛，天空湛藍，像個光滑的瓷蛋，如此的穩固，如此的堅硬，而海浪的旋律——「噓，噓」他們說，孩子們的叫嚷聲啪啪而來——是的，那是個絕妙的時刻，她躺在那兒，她覺得，人握在主宰世界的女神手中，心腸有點硬，卻非常美麗的女神，聖壇上躺著一隻小羊（人確實會想起這些蠢事，但只要不說出口就行了）。而當她和赫伯特在一起時，有時也會是非常出人意料的——星期天午餐在切羊肉時，沒什麼特殊的理由，卻會跑去拆信，走到另外房間去——那是絕紗的時刻，她對自己說（她是絕不會對任何人說的），「這就是了。這就發生了。這就是了！」而相反的情形也同樣叫人吃驚——那就是，當一切都安排好了——音樂、天氣、假日，一切快樂的泉源——然而卻什麼都沒發生。她不快樂。日子平淡，平平淡淡的，就是這樣的啦。

又是她那悲慘的自我心理在作祟，該是毫無疑問！她向來就是個易發脾氣、體弱、諸事不滿的母親，也是個蹩腳的太太，像在薄暮中遊蕩的什麼東西，形象不是很清晰，也不怎麼大膽，或者更清楚地說，就像她的兄弟姊妹們那樣。或許除了赫伯特之外——他們那群人都是些可憐的灌水動物，什麼也不會做。然而在這種蟄伏潛行的日子中，她突然處身浪頂。那悲慘的蒼蠅——她究竟是在哪兒讀到了什麼故事，讓那蒼蠅和碟子不斷出現她腦中？——掙扎爬出。沒錯，她是有過那些絕紗的時刻，但她現已四十歲，以後或許會越來越少。逐步逐步的，她會終止掙扎，可那是多麼的可悲！那不可以忍受！那叫她感到可恥！

她明天就去倫敦圖書館。她要找一本奇妙有用且叫人讚嘆的書本，是偶然找到的，是一本由神職人員寫的，是一位無人知曉的美國人寫的；再不然她就走到倫敦斯特蘭德街去，無意中走入一個大廳，聽到一個礦工在講述礦坑的生活，驟然間她會變了個人。她會完全改觀。她會穿上制服，成為名叫某某修女的；她再也不去想衣服的事了。之後，她對查理斯·伯特，以及米蘭小姐的觀感，會永遠都非常非常的清楚，還有這個房間，那個房間；永遠都是，日復一日，彷彿她就躺在陽光下，或是就在切羊肉那樣。就是這樣！

於是她從藍色的沙發站起來，鏡子裡的黃釦子也站了起來，她向查理斯和蘿絲揮揮手，表示她一滴點兒都不需依賴他們。黃色扣子從鏡子中走出，當她走向達勒威太太，向她說「再見」時，所有的槍矛都集中到了她胸前。

「可是還早呢。」達勒威太太說，她總是那麼漂亮迷人。

「我得走了，」美寶・韋仁說。「不過，」她虛弱不穩的聲音加了一句，「我玩得十分盡興。」她才剛想堅強起來，聲音又那麼柔弱，實在可笑。

「我玩得很盡興。」她對達勒威先生說。她在樓梯上碰到了他。

「謊話，謊話，謊話！」她邊下樓梯邊對自己說。「在碟子正中央！」她邊謝布奈太太，邊對自己說。她裹上披巾，繞了一圈，一圈又一圈，那條中國式披巾她已披了二十年了。

狩獵會

她上了車，把行李箱放在架子上，再把一對雉雞放在上面，然後在角落裡坐下。火車隆隆穿過中部地區，霧，在她開門時跟著進來，似乎擴大了車廂，使四位旅客拉開了距離。顯然，M. M.——那是行李箱上的縮寫字母——剛在週末參加了個狩獵會。顯然是如此，因為她正在回述有關狩獵的故事，身體仰靠在她的角落裡。然而，她雖沒閉上眼睛，但明顯得很，她是沒看見坐在對面的那個男人，也沒看見掛在對面的那幅約克大教堂彩色圖畫。但她必然是聽到了他們所說的，看她眼睛雖瞪視前方，嘴唇卻不斷開合，還不時露出笑容。她人是長得俊俏，是朵百葉薔薇，是個冬日蘋果；膚色赤褐，可惜下巴有道疤痕——微笑起來，疤痕拉得更長。既然她在回述狩獵故事，那她必定是到那兒做客的了，然而看她一身打扮，過時得很，像是多年前圖片上，還是報紙體育版上女人的模樣。她雖不像是個客人，可也不像個女僕。要是她手上提個籃子，那倒會像是個繁殖狐狸㹴養邏邏貓的人，和獵犬、馬匹有關的人。然而她身邊只有一個行李箱和一對雉雞。因此，不管怎麼說，反正她必定是蠕行潛進了這個車廂，對裡面塞滿的東西，那男人光禿的頭，約克大教堂的照片，她都視而不見。然而他們所說的，她想必是用心傾聽，看，她就像什麼人在模仿另一人所發出的噪音，喉嚨後部「卡」地發出了一聲「嚓」，然後微微一笑。

「嚓，」安東尼雅小姐說，舉手捏捏鼻上的眼鏡。潮濕的樹葉飄過走廊的落地窗掉落地面，有一、兩片黏在玻璃窗上，成小魚形狀，像是窗上嵌裝的棕色木頭。之後，庭院裡的樹木戰慄，而葉子飄落，似乎使得戰慄依稀可見——潮溼赤褐的戰慄。

「嚓。」安東尼雅小姐又嗤了一聲，輕啄手中握著的一把白色易脆的東西，像隻母雞啄食一小片白麵包那樣，既緊張又快速地。

風在嘆氣。房間裡，風習習而入。房門不緊，窗子也不緊。時而，有個波紋，像條爬蟲類動物似地鑽到了地毯下。地毯上太陽照射之處，只見一個個綠色和黃色的方格，之後，太陽移動，彷彿嘲弄似的手指著地毯上一個破洞，停下了腳步。然後，太陽那虛弱但無私的手指繼續前移，照在壁爐上方拖架的表層上——柔和地——照在護套、葡萄墜子、美人魚和槍矛上。光線增強時，安東尼雅小姐抬頭仰望。大片的土地，他們說是先人們——她的祖先——萊希雷家族所擁有的，土地在那上頭。亞馬遜河上頭。強盜。探險家。一袋袋的綠寶石。在島上探查。捕捉俘虜。少女。而她，從腰到尾都是魚鱗。安東尼雅小姐咧嘴而笑。太陽的手指向下挪，她的眼睛也跟著向下看，此時它停在一個銀色相框上，在一幅照片上；在一個蛋形的禿頭上；在一片從鬍鬚下突出的嘴唇上。下面揮寫著「愛德華」的名字。

「國王……」安東尼雅小姐口中喃喃地說，一邊翻轉膝上的白色絲網——「擁有藍房，」她接著說，頭輕輕往上一甩，此時陽光逐漸消弱。

在國王御道上那邊，雉雞被追趕跑過獵槍槍口。牠們從叢藪中向上噴出，像重型火箭，像紅紫色的火箭。牠們出現時，一支支獵槍依次砰砰作響，熱切地，尖銳地，彷彿一整排的狗驟然吠叫。一束白煙凝聚了一會兒，然後慢慢釋放，淡化，消散。

在樹棚下面路面深陷的路上，有部貨車停在那兒，車上裝著溫溫軟軟的軀體，爪子癱瘓無力，眼珠則依舊明亮。鳥兒彷彿仍然活著，只是藏身在豐厚微潮的羽毛下，昏厥過去而已。牠們看來鬆弛且舒適，微微動了一動，儼然是安睡在貨車車板上一堆暖和柔軟的羽毛上。

而那鄉紳，他一臉鬼祟，腳上一對寒酸的綁腿，咒罵了一聲，然後舉槍。

安東尼雅小姐繼續縫繡。橫放在爐架上的灰色木頭時時竄出一道火舌來，貪婪地吞噬，然後消失，在樹皮被吞食的部分，留下一條白色的圈圈。安東尼雅小姐抬頭望了一下，眼睛睜得老大的，出於本能，像隻狗瞪視火焰一般。之後，火焰消沈了，她又繼續縫繡她的東西。

然後，那道高高的房門悄悄地打開。兩個瘦男人走進來，拉了一張桌子壓在地毯破洞的上面。他們出去；他們進來。他們在桌上鋪了一塊布。他們出去；他們進來。他們提來一個綠色粗毛呢的籃子，裡面有刀叉，有玻璃杯，有糖瓶子，有鹽罐子，有麵包，還有一個銀製花瓶，裡面插著三枝菊花。桌子於是鋪好了。安東尼雅小姐繼續縫繡她的東西。

門再次打開，這次是無力地推開。一隻小狗疾步進來，是隻西班牙獵犬，牠東嗅嗅西嗅嗅，然後站住。門仍然開著。這時，萊希雷小姐倚著拐杖，吃力地走進來。一條白色圍巾，呈菱形狀綁著，包住她光禿的頭。她蹣跚走過房間，弓著身坐在火爐邊的高背椅上。安東尼雅小姐繼續縫繡。

「開殺了，」她最後說道。

「萊希雷小姐點點頭。她緊抓著手杖。她們坐著等待。」

獵手此時已從國王御道轉到了家林苑。他們站在樹林外的一片紫浪田野中。偶爾有樹枝折斷，葉子旋轉飄落。在水氣和煙霧之上是一丘的藍——淡淡的藍，純純的藍——孤獨的在天空裡。在純潔的空氣中，傳來遙遠不知處的教堂鐘聲，像個迷途走失的普智天使，在嬉耍，在雀躍，然後褪消。之後，火箭又上衝，那些紅紫色的雉雞。上衝，上衝。槍聲再次轟隆隆；煙球形成，鬆弛，散開。一群小狗急忙忙在田野上奔馳，東嗅西嗅。而溫溫濕濕的軀體，依舊軟綿綿的，像是昏厥過去。穿綁腿的男人把牠們收拾成堆，扔到貨車上去。

「好了！」米莉．麥斯特斯，家中的管家，摘下眼鏡，嘀咕道。她也是在縫織東西，在面對馬廄庭院的小暗房裡縫織。她織的是緊身內衣，替他兒子織的粗毛內衣織好了。她兒子負責清掃教堂。「織完了！」她喃喃自語。然後她聽到了貨車聲。車輪輾過鵝卵石。她手撫頭髮，栗褐色的頭髮，她站在庭院中，在風中。

「來了！」她笑道，拉長了臉頰上的疤痕。她打開獵物房的大門，韋恩，獵場看守人，開著貨車壓過鵝卵石。鳥兒現已死亡，爪子抓得緊緊的，但什麼也沒抓住。堅韌的眼瞼皺成縐摺，陰暗地蓋在眼睛上。管家麥斯特斯太太，和獵場看守者韋恩，兩人抓著一把又一把的死鳥脖子，扔到獵物貯藏室的石塊地板上。石塊地板染上點點的血跡。雉雞看來變小了，像是身體縮小了。韋恩推起貨車的尾部，敲下穩定車子的套索栓。貨車兩側到處黏著灰藍色的小羽毛，車廂地板上染著，沾著血跡。裡面空無一物。

「最後一批了！」貨車開走時，米莉．麥斯特斯咧開嘴笑。

「太太，午餐準備好了，」總管家說。他的手指著餐桌；他指示侍者。蓋著銀製盤蓋的盤子於是就放在他手指的地方。他們兩人在等候，管家和侍者。

安東尼雅小姐把手中的白色絲網放在籃子裡，收拾她的絲線、針箍，把針插在一塊法蘭絨布上，把眼鏡掛在胸前一個咂咂上。然後站起來。

「吃飯了！」她對著老萊希雷小姐的耳朵吼叫。一秒鐘之後，老萊希雷小姐伸出腿，抓住手杖，也站了起來。兩位老女人慢慢地朝餐桌走去，各由管家和侍者塞進椅子裡，一人在這一端，一人在另一端。銀製盤蓋打開了。盤中是雉雞，去了毛，閃爍發亮，腿緊緊地靠在身體兩邊，兩端各堆著一小堆碎麵包。

安東尼雅小姐的切肉刀子穩穩地劃過雉雞的胸部。她切了兩塊，放在一個碟子中。侍者靈巧地刷一聲拿走，老萊希雷小姐舉起餐刀。槍聲從窗下樹林中響起。

「來了？」老萊希雷小姐說，叉子懸在空中。

樹枝在庭園的樹木上飄揚，炫耀。

她咬了一大口的雉雞。落葉輕打窗玻璃，有一、兩片黏在玻璃上。

「家林苑，啊，」安東尼雅小姐說。「修沒打中。」「開槍。」她舉刀切割另一邊胸部。在她碟子上，她又加些馬鈴薯，淋上肉汁，以及球芽甘藍、麵包醬，井然有序地圍在肉片周邊。管家和侍者站在一邊守望，像是大宴會上的服務生。兩位老太太靜靜的吃，默默的吃，不疾不徐，井然有序地把鳥吃個精光。碟子上只剩下了骨頭。管家把玻璃酒瓶拿到安東尼雅小姐身前，低著頭等了片刻。

「葛弗茲，就放在這兒，」安東尼雅小姐說，手指拈起了殘骸，向桌下的西班牙獵犬丟去。管家和侍者鞠了個躬，走出去。

「來得更近了，」萊希雷小姐傾聽之後說道。風勢增強。一陣赤褐色的戰慄抖動空氣；樹葉飛得太快，沾黏不住。窗子上的玻璃格格響。

「鳥兒狂奔。」安東尼雅小姐點點頭，看著狼狽混亂的場面。

老萊希雷小姐倒滿了她的酒杯。她們慢慢啜飲，眼睛開始有了光澤，像舉在燈光前的半寶石。萊希雷小姐的是石板藍；安東尼雅小姐的殷紅，像葡萄酒的紅。她們的衣飾花邊和荷葉邊褶似乎微微戰慄，彷彿在她們喝酒時，覆蓋在她們羽毛下的身體是溫溫的，但軟弱無力。

「就像這麼樣的一個日子，記得嗎？」老萊希雷小姐手指把玩著杯子，說道。「他們送他回來——子彈穿心。是棵有刺灌木，他們說的。給絆住了。腳給勾住……」她低聲輕笑，啜飲了一口酒。

「而約翰……」安東尼雅小姐說。「那匹雌馬，他們說，腳踩到了一個洞。他在田野上死了。獵狐隊從他身上踩過。他也回來了，躺在一塊窗板上……」她們又啜了一口。

「記得莉莉嗎？」老萊希雷小姐說，「壞蛋一個。」她搖搖頭。「騎馬時籐鞭上綁著猩紅的流蘇。」

「蛇蠍心腸！」安東尼雅小姐嚷道。

「記得上校的信嗎？妳兒子騎在馬上，好像有二十個魔鬼附身似的——他朝他屬下的隊長衝過去。然後一個白色的魔鬼——啊哈！」她又啜了一口。

「我們家的男人，」萊希雷小姐說。她舉起杯子。她舉得高高的，彷似向壁爐上以石膏刻的美人魚舉杯致意，她頓了頓。獵槍轟隆響。木頭雕刻裡有什麼破裂的聲音。還是石膏後面有隻老鼠在跑動？

「總是搞女人……」安東尼雅小姐點了點頭。「我們家的男人。『磨坊』的白裡紅小姐露西——記得嗎？」

「『山羊和鐮刀』酒吧裡艾倫的女兒，」萊希雷小姐接口說。

「還有裁縫店的女孩，」安東尼雅小姐嘀咕道，「修在那兒買馬褲，位在右側的一個陰暗小店……」

「……那兒每年冬天都淹水。清掃教堂的，」安東尼雅小姐輕聲竊笑，身體向她姊姊傾側，「是**他的**兒子。」

嘩啦一聲。有塊石板從煙囪上墜落下來。大塊的木頭折成兩半。石膏碎片從火爐上方的護架上墜落。

「墜落，」萊希雷小姐竊笑。「墜落。」

「而誰，」安東尼雅小姐說，眼望地毯上的碎片，「誰來支付？」

她們咯咯笑，像兩個老娃娃，漠然，魯莽。她們走到火爐前，傍著火燼和石膏啜飲雪利酒，直到每人酒杯只剩下一滴紅紫色的酒，留在杯底。而這一滴，看來，兩位老女人是捨不得喝掉；她們並排坐在爐燼邊，手持酒杯，卻始終沒有舉高一飲。

「打理食品貯藏室的米莉．麥斯特斯，」萊希雷小姐說，「她是我們弟弟的……」

窗下砰一聲槍聲。它切斷了防雨的繩線。雨，傾盆而下，下，下，下，成直竿狀鞭打窗子。光彩從地毯上消退。她們坐在白爐旁傾聽，光彩也從她們眼中消退。她們的眼睛變成卵石一般，從水中撈起的灰白石頭，乾澀，無光澤，而她們的手緊緊抓著自己的手，就像死鳥的爪子，什麼也沒抓著。她們枯萎捲縮，彷彿衣服下的身體已縮了水。

之後，安東尼雅小姐舉杯對著美人魚。那是她的最後一滴；她一飲而盡。「來了！」她嘶啞著聲音說，玻璃杯叭一聲放下去。樓下有道門砰的一聲。然後又一聲。再一聲。聽得見有重重的腳步，慢慢的拖曳，沿著走廊朝小長房走來。

「更近了！更近了！」萊希雷小姐咧開嘴，露出了三顆黃牙。

高高的房門被衝開。三隻大獵犬衝了進來，然後站住喘氣。接著，鄉紳自己進來了，垂頭彎腰的，腳上一雙寒傖的綁腿。獵犬緊繞著他，頭上點下甩的，鼻子朝他口袋呼呼地抽動。然後，牠們向前跳躍。牠們嗅到了肉味。房間的地板，隨著大獵犬的尋索和牠們尾巴以及身背的擺動，搖動得像個被大風橫掃的樹林。牠們猛嗅餐桌，腳抓桌布，之後，發出一聲狂野嘶叫的低吠聲，朝桌子底下正在啃骨骸的小黃獵犬撲去。

「該死，該死！」鄉紳吼叫。可是他的聲音微弱，像是逆風喊叫。「該死，該死！」他叫嚷，現在是對著他兩個姊姊叫罵。

安東尼雅小姐和萊希雷小姐站起身來。大獵犬已抓住了小西班牙犬。牠們纏著牠，用黃色的大牙咬牠。鄉紳揮舞一支用皮革結成的戒鞭，朝這兒，朝那兒亂打，口中咒罵狗，咒罵他姊姊，聲音是那麼大，卻又那麼弱。他鞭子一揮，捲下了菊花花瓶，花瓶掉到地上。另外一揮打到了萊希雷小姐的面頰。老婦人蹣跚向後退。她碰到了爐架，跌了下去。她的手杖狂敲亂打，打到了火爐上的護罩。噗咚一聲，她跌在灰燼上。萊希雷家族的護罩從牆上碎落。她躺著，身體埋在美人魚下面，埋在槍矛下面。

風抽打窗上的玻璃；槍聲在庭園裡齊發，一棵樹隨之倒下。之後，愛德華王，框在銀製相框裡，滑落，翻墜，也倒下了。

車廂裡，灰白的霧氣增濃，像塊面紗一樣垂下，似乎把裡面的四個旅客距離拉得遠遠的，而事實上他們擠得就如同一般火車的三等車廂。結果很奇怪。那位長得俊俏，但年紀稍大，穿著考究，但稍嫌老舊的女人，是在中部地區哪個車站上車的，她彷彿失去了身形。她的身體全都變成了茫茫的霧。只剩下眼睛，一閃一閃的，變幻不定，儼然獨立存在；那是沒有身體的眼睛；可以看見一些看不見的東西。在霧濛濛的空氣中，那對眼睛光芒閃耀，跳動，因此，在陰沈沈的氣氛中——窗戶模糊不清，燈光環著霧暈——那對眼睛像舞動的光，像一縷縷能夠移動的意志，在教堂墓地上輾轉難眠者的墳上舞動。無稽的想法？幻想罷了。然而，畢竟樣樣東西都會留下殘渣，而既然記憶是當現實被埋時，留在腦中舞蹈的光，那對眼睛，既閃耀，又跳動的，為什麼不能是某個家族，某個時代，某個文明在墳墓上舞蹈的鬼魂？

火車減慢。煤燈直立，倒下，火車進站時又豎直。燈光大亮。角落裡的眼睛？閉上了。或許是燈光太強了。當然，在車站的強光下，眼神顯得平淡——她只是個普通的女人，年紀不小，到倫敦去辦件普通的事情——跟貓、馬，或是狗有關的事。她伸手去拿行李箱，站起身來，從架子上取下雉雞。可是她，反正都一樣，在她打開車廂門走出去時，有沒有邊走邊「嚓，嚓」的，嗤聲不停？

萊賓兔與萊賓兔娃

他們結了婚了。結婚進行曲奏響。鴿子鼓翼。穿著伊頓中學式上衣的小男孩扔灑米粒；一隻小狐狸溜過徑道；而愛尼斯特·索伯，他領著新娘穿過一小群好管閒事的純陌生者走到車子前去。倫敦隨時隨地都會出現這種人群，他們享受別人的快樂或不快樂。他的模樣的確瀟灑，而她，的確是羞答答的。小男孩灑了更多的米粒，車子開走了。

那天是星期二。今天是星期六。蘿莎琳仍然無法適應她已是愛尼斯特·索伯太太的事實。或許她永遠都無法適應自己是愛尼斯特什麼人的太太的事實，她心中想道。這時，她坐在旅館裡的弓形窗前，面對背山的湖泊，等待她先生下來吃早餐。愛尼斯特是個很難適應的名字。要是她，她就不會選這樣的名字。她會選擇提摩西，安東尼，還是彼得之類的。他其實看來也不像愛尼斯特。那個名字叫人想起愛伯特王子紀念館，皇家紅木櫥櫃，以及康斯特王子和他家族的鋼鐵雕刻──簡而言之，想起她婆婆在泊契斯特高台街家裡的飯廳。

他來了。謝天謝地，他看來並不像愛尼斯特──不像。那他看來像什麼呢？她從旁掃視他。這嘛，他吃吐司麵包時，看來像隻兔子。在這位鼻子筆直，眼睛湛藍，嘴角堅定，長得又英挺又強壯的年輕男性身上，是不會有別的人看到他和那渺小膽怯的動物之間有什麼相似之處的。可是這樣就更加有意思啦。他吃東西時。鼻子稍稍抽動。她家的寶貝兔子也是這樣。她繼續看著他的鼻子抽動。而被他逮到自己正在注視他時，她不得不解釋為什麼發笑。

「愛尼斯特，因為你像隻兔子，」她說，「像隻野兔，」她又加了一句，仍然看著他。「一隻獵兔，一隻兔子王；為其他兔子制定法律的兔子。」

愛尼斯特不反對當那樣的兔子，而既然她喜歡看到他鼻子抽動——他從來不知道自己的鼻子會抽動——他故意抽了一抽。她看了，笑啊笑的，他也跟著笑，因此，女侍們、釣客和穿著油膩膩黑色上衣的瑞士侍者都猜對了：他們是非常的快樂。可是這種快樂能維持多久呢？他們心裡自問。人人依據自己的處境回答。

午餐時，他們坐在湖邊一叢石南上。「兔子，要吃萵苣嗎？」蘿莎琳問道，伸出了手上的萵苣，那本來是要和水煮蛋一道吃的。「過來從我手上咬去吃，」她加了一句，他於是身體探前，一點一點地咬，同時抽抽鼻子。

「兔子乖，兔子好，」說著，她拍拍他，就像以往在家時拍打她家的馴兔那樣。那很離譜。不管他是什麼，他可不是隻馴兔。她於是把他變成了隻法國兔。「**拉盤**，」她用法文稱呼他。然而不管他是什麼，他可也不是隻法國兔。他是道道地地的英國人——在泊契斯特高台出生，受教於名校拉戈比，現任職英國公務員團隊，是個書記員。於是她改叫他「兔寶寶」，那更糟。「兔寶寶」是胖嘟嘟，軟綿綿的，且滑稽，可是他細瘦，結實，且嚴肅。然而，他的鼻子是抽動的。「萊賓兔，」她突然嚷道，輕輕驚呼了一聲，彷彿找到了她所要找的詞語。

「萊賓兔，萊賓兔，兔王萊賓，」她一再地重複。那似乎相稱極了；他不是愛尼斯特，他是兔王萊賓。為什麼呢？她不知道。

在偏僻小徑上漫長的散步中，當他們沒有新鮮事可談時——天下著雨，人人都警告他們會下雨；又或夜晚坐在爐火邊，那時天冷，且清婦女侍和釣客都走了，而那侍應，不按鈴他是不會出現的，在這種時刻，她讓自己的幻想遊戲於萊賓兔族的故事間。在她手下——她在縫東西；他在看報——萊賓兔顯得十分真實，十分活潑，十分好玩。愛尼斯特放下報紙，幫她一手。兔族中有黑兔，有紅兔；有敵兔，有友兔。有兔子住的樹林，有外圍的草原和沼澤。最重要的是，有兔王萊賓，他才不是只會玩一樣把戲而已——抽動鼻子——他隨著時日的流逝，變成了一個個性極為了不起的動物；蘿莎琳不斷在他身上發現了新的品格。當中最了不起的是，他是個狩獵好手。

「那，」在蜜月旅行的最後一天，蘿莎琳問道，「兔王今天做了些什麼？」

其實他們那天是爬了一整天的山，她腳跟還磨了個水泡，不過她指的不是那個。

「今天，」愛尼斯特抽了抽鼻子，咬去雪茄的末端，他說，「他追一隻野兔。」他停下來劃了根火柴，鼻子又抽了抽。

「一隻女野兔，」他補了一句。

「一隻白野兔！」蘿莎琳嚷道，彷彿她早已料到。「一隻長得不是太大，銀灰色，有明亮大眼睛的？」

「對，」愛尼斯特說，眼睛看著她，而她則一直望著他，「一隻嬌小的動物，眼睛從頭上跳出，兩隻小前掌懸擺。」那正好就是她的坐姿，她縫製的東西在手中懸擺，而她的眼睛是那麼大，那麼明亮，的確是有點突出。

「啊，萊賓兔娃，」蘿莎琳輕輕地說。

「那是她的名字？」愛尼斯特問，——「真實的蘿莎琳？」他看著她。他覺得自己深深地愛著她。

「對，那是她的名字，」蘿莎琳說。「萊賓兔娃。」於是那天晚上在就寢前，一切都解決了。他是兔王萊賓，她則是兔后萊賓兔娃。他們性格正好相反；他大膽，果斷；她謹慎，優柔。他統領繁忙的兔世界；她的世界又荒蕪又神祕，她大多在月夜下徘徊其間。其實並沒什麼差別，兩人的領域相通；他們是兔王與兔后。

於是，在他們度完蜜月回來後，他們擁有一個私人的世界，當中除了那一隻白色野兔，其他的都是一般的兔子。誰都猜不到會有這麼一個地方，那當然也就更加有趣啦。那使他們覺得，自己比大部分的已婚年輕夫婦更加團結，去抵抗身外的世界。聽到人家談到兔子、樹林、陷阱、射擊時，他們常羞怯的相互對望。又或是當瑪莉姑媽說，她看到盛在盤子中的野兔肉感到很噁心時——多麼像個小娃娃；又或是當愛尼斯特那位愛狩獵的兄弟，約翰，告訴他們那年秋天，威爾特郡的兔子，皮連肉，價格是如何時，他們常隔著桌子，偷偷地相互眨眨眼。有時候，在故事中需要有個獵場看守，還是偷獵者，又或是莊園園主時，他們就把角色分派給朋友們，來自我取樂。例如，愛尼斯特的母親，瑞吉娜·索伯，就適合擔任十全十美的鄉紳角色。但一切都是祕而不宣——那是要點：除了他們，沒人知道有這麼一個世界。

要是沒有那麼個世界，蘿莎琳自問，她如何能夠度過那個冬天？譬如說，那個金婚宴會，當時索伯全家人聚集泊契斯特高台街慶祝那個五十年的結合，這個結合受到大家如此的頌揚——但要是他們沒生下愛尼斯特·索伯的話呢？——且又如此的多產——但要是他們沒再生下其他九個子女的話呢？許多子女都已結婚，且同樣子女成群。她害怕那個宴會，但逃不掉。她走上樓時，心中感到辛酸，自己是個獨生女，也就等同孤兒；在那一群齊聚於巨廳中的索伯家人中，她不過是一滴水點。廳中牆上糊著緞織牆紙，掛著耀眼的家族肖像。在世的索伯家人頗像畫中人，只是他們的嘴巴是真實的，不是畫的，且從中冒出了許多笑話。他們講些有關學校教室裡的笑話，述說如何拉走女老師背後的椅子；講青蛙的笑話，描述如何把青蛙塞在清潔侍女的床單中間。至於她自己，她就連故意把床單鋪短的玩笑都不曾開過。她手上拿著禮物向她婆婆走去，婆婆身穿華麗的黃色錦織；她向她公公走去，公公身上配一朵艷麗的黃色康乃馨。在他們周遭，在桌上，在椅上都是金光閃閃的禮物，有些安躺於原棉中；有些張牙舞爪的，絢爛奪目——蠟燭台；雪茄盒；鏈子，每一個都打上金匠的字號，證明是十足的黃金，且加蓋印記，如假包換。但她的禮物只是個小金銅盒子，上面打了小洞，是個古代的沙瓶，十八世紀的古物，從前人用來在未乾的墨水上灑沙粉用的。沒有什麼意義的禮物，她覺得——在這麼一個染污紙張的年代；而當她呈上禮物時，她看到在她面前，出現了她婆婆那粗短的字體——在他們訂婚時，她曾用那字體表達她的願望：「我兒子將會使妳快樂。」沒有，她沒快樂。一點也不快樂。她望了一望愛尼斯特，他身體直得像根棒條，鼻子長得和所有的家族肖像上的一模一樣；是個完全不會抽動的鼻子。

接著，他們下樓進餐。她半藏在碩大的菊花後面，菊花紅色和金色的花瓣捲成一個個堅實的大花球。樣樣東西都是金的。一張燙上金邊的卡片，上面交織印著黃金的縮寫字母，列著當晚的菜色。她把湯匙放入一湯碟中，舀取清澈的金色流體。碟子外緣陰寒的白色霧氣，在燈光照射下變成了金黃色的網狀組織，模糊了碟子的邊緣，碟子上的鳳梨圖案也蒙上一層粗糙的表面。只有她，身穿白色的新娘服，瞪著兩顆大眼睛，彷彿像支溶解不了的冰柱。

然而，房間越吃越熱。男士們的額頭上冒出一顆顆的汗珠。她感到自己那支冰柱正逐漸化水。她正逐步溶解，散化，消退得無影無蹤，馬上就會暈倒。就在此時，她頭上沖過一陣波濤，耳中響起一陣喧囂，她聽到一個女聲嚷道，「可是他們生那麼的多！」

索伯家族——對，他們是生了那麼的多，她心中附和地說，一面環視那一個個圓嘟嘟，紅撲撲的臉孔，在她的暈眩之中，顯得加倍的圓大；而在金黃色霧氣的環繞之中，更加增大。「他們生那麼的多。」接著，約翰吼道：

「鬼東西！……射死牠！踩死牠！那是對付牠們唯一的辦法，……那些兔子！」

聽到那個字，那個魔力的字，她甦醒了。她穿過菊花的縫隙窺視，看到了愛尼斯特的鼻子在抽動，且如漣漪一般，抽了又抽，一個接著一個。而就在此時，索伯家人遭逢了神祕的噩運。金黃色的餐桌變成一塊荒野，荒野上荊豆花盛開；喧囂的人聲變成了雲雀的笑聲，鈴鈴地從天而降。那是塊湛藍的天——雲朵輕飄。他們，全都變了樣——索伯一家人。她看看她公公，他個子矮小，樣子鬼祟，鬍子染了色。他的癖好是收集小東西——印章，琺瑯盒子，以及十八世紀梳妝台上種種亂七八糟的東西。他把收藏品都藏在書房的抽屜中，不讓他太太看到。而現在，在她眼中，他是個——偷獵者，外衣鼓鼓地裝著雉雞和山鶉，正偷偷地潛行，想神不知鬼不覺地藏到他那間燻污小木屋裡的一隻三腳缸裡面。那是她真正的公公——一個偷獵人。而西莉亞，那位未婚的小姑，她總是嗅出別人的祕密，一些人家不願公開的小事情——她是隻白色的鼬鼠，粉紅的眼睛，鼻子在地底下惹人討厭地鑽過來嗅過去，沾得滿是泥巴。她勾搭男人的脖子，撒下網子，卻又把它戳了個大洞——

那種生活，可恥得很——西莉亞的生活；可那一點都不是她的錯。她看到的西莉亞，就是這樣。之後，她看看她婆婆，他們兩人給她取上了「鄉紳」的綽號。她站在那兒謝客，得意洋洋的，粗俗得很，是個十足的惡霸——她就是那幅模樣，然而蘿莎琳——也就是萊賓兔娃——現在看到的則是，在她婆婆身後是頹廢的索家大宅，牆上石灰剝落，蘿莎琳聽到她哽咽著聲音，向她子女（他們恨她）道謝，感謝那個現已不再存在的世界。驟然間，一切啞然無聲。他們都站立著，舉高著杯子；他們喝了酒；之後，一切都結束了。

「哦，兔王萊賓！」在他們頂著霧回家的路上，她叫道，「在那個時刻，要是你的鼻子沒抽動的話，那我可就要掉入陷阱去了！」

「可是妳現在安全了。」兔玉萊賓說，揑揑她的手爪。

「蠻安全的。」她答道。

於是他們開著車，穿過公園回家去，這一對活在沼澤上，霧水中，荊豆花香的原野上的兔王與兔后。

如此，日子消逝了，過了一年；過了兩年。之後在一個冬天的夜晚，那天湊巧是那對金婚人的結婚紀念日——這時索伯太太已過世，大宅出租了，只剩一個管理員住在那兒——愛尼斯特下班回來。他們有個小小的安樂窩；半個房子大，在南肯辛頓一間馬具店的樓上，離地鐵站不遠。那天天氣很冷，空氣中瀰漫著霧。蘿莎琳坐在火爐邊縫東西。

「你猜我今天碰到了什麼？」他一坐穩了身體，伸長腿往爐火烤，她就開口問他，「我正在過河時……」

「過什麼河？」愛尼斯特打斷她。

「唉啊，愛尼斯特！」她驚愕地叫道。「兔王萊賓，」她加了一句，同時舉起雙掌，在爐火中懸擺。但他的鼻子並沒抽動。她雙手──現已變回了手──緊抓所握的東西，眼睛鼓得突出了一半。至少等了五分鐘他才由愛尼斯特・萊賓成了兔王萊賓，而她在等待的過程中，覺得後頸部重重的，彷彿看什麼人要勒她一把似的。最後，他終於變成了兔王萊賓；他鼻子抽動；他們一如往常漫遊於林中，度過了一晚。

然而她睡得十分不穩。她半夜醒來，覺得像是出了什麼奇怪的事情。她又冷又僵。最後，她開了燈，看著躺在她身邊的愛尼斯特。他睡得很熟。他打鼾。但即使是在打鼾，他的鼻子也絲毫不動，看起來像是從來都沒抽動過似的。那這個人可能真的是愛尼斯特嗎？她真的是嫁給了愛尼斯特嗎？一幅她婆婆家的餐廳景象出現在她眼前：他們坐在那兒，她和愛尼斯特，兩人都老了，坐在雕像下，坐在櫥櫃前……那天是他們的金婚紀念日。她無法忍受。

「萊賓，兔王萊賓！」她輕聲叫道，他的鼻子似乎自己動了一下。但他仍熟睡。「醒醒，萊賓，醒一醒！」她大叫。

愛尼斯特醒了，看到她直挺挺坐在他身旁，他問，「什麼事？」

「我想我的兔子死了！」她嗚咽著說。愛尼斯特生氣了。

「蘿莎琳，別說這種廢話，」他說，「躺下，睡吧。」

他翻過身去，不到一分鐘，又睡著了，呼呼打鼾。

但她睡不著。她曲蜷身體，朝床的另一邊躺著，像野兔的姿勢。她已熄了燈，但街燈的亮光微微地照在天花板上，樹影在上面織成了帶狀的網絡，彷彿天花板上有個小小的叢林，她在當中遊蕩，左轉，右拐，走進走出，一圈又一圈，追捕，被捕，聽見獵犬的吠叫聲和號角聲；飛奔，逃跑……直到女僕進來，拉開百葉窗，送上早茶。

第二天，她什麼都做不了。她好像丟失了些什麼。她感覺自己的身體彷彿萎縮了，變小，變黑，變硬。她的關節好像也僵硬了，而當她照鏡子時（她整天在屋子裡走來走去的，一天已照了好幾次），她看到自己的眼睛外暴，彷似麵包上的葡萄乾。房間也似縮小了。一件件大型的家具奇奇怪怪地從這兒、從那兒突伸出來，叫她東撞西撞的。最後她戴上帽子，出門去。她沿著克倫威爾大道走，但當她走過時，每一間她探頭張望的房間似乎都變成了那間飯廳，人們坐在鋼雕肖像下進餐，房門裡掛著厚厚的黃色緄邊窗簾，擺著紅木櫥櫃。最後，她來到了「自然歷史博物館」。小時候，她很喜歡來這裡。但她進去時，第一眼看到的是一隻站在假雪上的野兔標本，頭上一對粉紅色的玻璃眼睛。她看了，全身一陣戰慄。日暮時，情況或許會好一點。她回家去，坐在爐火前，沒開燈。她設法想像自己單獨處身原野上，那兒有條汩汩小溪，溪外是個陰暗樹林。但她只能走到溪邊，無法再往前行。於是，她在溪堤上潮溼的青草上蹲了下來。而她，蹲伏在椅子裡，兩手空空的懸擺，眼睛在爐火中閃耀，像對玻璃眼珠。這時，砰一聲槍聲……她嚇了一跳，彷似自己被射中彈。那只是愛尼斯特，他在轉動鑰匙，開門。她等候，全身顫抖。他進了房，開了燈。他站在那兒，人高，英俊，猛揉凍得通紅的雙手。

「摸黑著坐？」他問道。

「哦，愛尼斯特，愛尼斯特！」她叫道，在椅子上驚坐起來。

「啊，怎麼了，唔？」他輕快地問，雙手在爐火邊取暖。

「是萊賓兔娃……」她結結巴巴的，瞪著一雙驚慌的大眼睛，狂亂地逼視著他。「她走了，愛尼斯特，她不見了！」

愛尼斯特皺皺眉頭，雙唇緊閉。「哦，是這麼回事，啊？」說著，向他太太笑笑，表情甚是嚴酷。將近十秒鐘的時間，他就站在那兒，默無一言，而她，則默默等待著，覺得後頸上的手逐漸勒緊。

「是的，」他終於說道。「可憐的萊賓兔娃……」他對著火爐上方的鏡子拉直了領帶。

「掉到陷阱裡去了，」他說，「被殺了，」然後坐下，看報紙。

於是，他們就此結束了婚姻。

實在的物體

在遼闊的半圓形沙灘上，唯一移動的東西是個小小的黑點。在它越來越靠近那艘擱淺的沙丁魚船的肘材和脊柱時，從那微薄的黑色外形依稀可以看出那黑點擁有四條腿，而漸漸，漸漸的，更加可以確定那是由兩個年輕人所組成。縱使是在如此廣闊的沙灘背景下，卻依然可以清楚看出他們身上的活力，在他們身體一進一縮之間，有股不可名狀的精力，而雖然不是那麼明顯，但仍看得出有些什麼劇烈的爭辯，從他們那細小的圓頭上的微小嘴巴噴洩出來。再仔細觀看右手邊那支不斷敲打的手杖，更可證實這一點。「你是說……你真的相信……」，如此一來，這支在右手邊傍著浪花的手杖，一邊在沙上劃下直直長長的條紋，一邊似乎在力陳其高論。

「去他的政治！」這顯然是從左手邊那張嘴巴噴出來的。這時，兩個說話者的嘴巴，鼻子，下巴，小小的鬍子，粗呢帽子，粗重的靴子，狩獵外套，方格的襪子，變得越來越清楚。煙從他們的煙斗噴入空中。在一哩又一哩的海洋和沙丘上，沒有什麼東西有這兩個身體那麼的充實，那麼的有生氣，那麼的堅實，鮮紅，蓬亂，卻又剛健。

他們猛然坐下，坐在那黑色沙丁魚船的六支肘材和脊柱旁邊，各位都知的啦，身體似乎會擺脫某個爭辯，為其趾高氣揚的辯論道歉，然後放鬆自己，再在其鬆弛的態度中表明隨時可接手一些新的東西——任何到手的東西。於是，查理斯，他的手杖已在海灘上鞭打了半哩左右，現在撿了些扁平的石塊，往水中丟去，飛掠水面。而約翰，高聲叫喊「去他的政治！」的那一個，把手指往沙裡鑽，一直鑽，鑽。他的手往下，再往下，深及手腕，於是不得不稍稍挽高了袖子。此時他的眼睛失去了強烈感，或是說在成年人眼中，那種由於過去的思想和經驗所產生的不可探測的深度，現已消失，剩下的只是清澈透明的表層，表達的只是訝異，那是年幼孩童所呈現的。無疑，這和他鑽探泥沙的動作有些關聯。他記得，在一陣挖掘之後，水會在指尖周邊湧出，然後那個洞可變成一條壕溝，一口井，一個水泉，或是一條通往大海的祕密通道。他還沒決定要選擇哪一項工程，手指仍在水中挖掘，這時，他摸觸到了什麼堅硬的東西——一整塊堅實的物體——他慢慢移動那一大塊形狀不規則的泥塊，把它撈出來。在擦拭掉了泥層之後，一抹淡淡的綠呈現眼前。原來那是塊玻璃，厚得幾乎不透明。經過海水不斷地沖擊，什麼稜稜角角或形狀都給撫平了，因此看不出來那本來究竟是支瓶子，玻璃杯，還是塊窗玻璃。那純粹是塊玻璃罷了；幾乎像塊寶石。只要把它鑲上金邊，或中間穿條線，那就變成珠寶了，可以成為項鍊的一部分，或是手指上一個淡淡的綠色發光體。或許那真是個珠寶，是哪個憂鬱的公主身上所戴的。她坐在船尾，手指垂入手中拖曳，一邊聆聽奴隸們歌唱。他們搖船載她橫渡海灣。又或是一只沈入海中的伊莉莎白時代的珠寶箱，橡木面散開，滾了又滾，滾了又滾，裡面的綠寶石最後滾上了岸。約翰把它放在手裡轉動，舉高對著光，擋住了他朋友的身體和向他伸出的右手臂。在它對著天空，對著他朋友的身體時，那綠色一下變淡一點，一下又轉濃一些。他看了很高興，也感到困惑。相對於那汪洋大海和霧濛濛的海岸，這塊東西是那麼的堅硬，那麼的密實，那麼的確切。

這時，他聽到了一聲嘆息聲——深沈而明確，讓他察覺到他的朋友查理斯已把身邊撿得到的扁平石頭都丟光了，又或是，他已斷定扔石頭沒有什麼意義。他們肩並肩坐著吃三明治，吃完後，抖了抖身體，站起身來。約翰拿著那塊玻璃，默默地看，查理斯也看了看，但他一眼看清那不是塊扁平的東西。他裝上煙斗，甩掉了無謂的沈重想法，生氣勃勃地說：

「說回我剛才所說的——」

他沒看見，又或是視而不見，原來約翰在看了一下之後，略帶點猶豫的，便把那塊東西塞進口袋裡。那種衝動，就像小孩子在佈滿卵石的路上撿起了其中一塊，承諾在他房內的壁爐架上給它一個溫暖而安全的生活的那種衝動。這一行動所帶來的權力感與善心感叫他高興，也叫他相信，當那塊石塊看到自己從百萬塊卵石中被挑中，去享受幸福的生活，而不必忍受公路上寒冷潮溼的日子，心中想必是歡欣雀躍。「本來大有可能是百萬塊石頭中任何其他一塊的，然而選中的卻是我，是我，是我！」

不管約翰的心中有沒有這種想法，總之那塊玻璃是放到了爐架上，重重地壓在一小堆帳單和信件上。它不僅是塊理想的紙鎮，還是那年輕人看書看累了，抬頭瀏覽時視線的自然停留處。任何東西，它讓一個心中想著其他事情的人，有意無意地一看再看，它如此深沈地捲入思考這種東西，就會失去原來的形式，再以稍稍不同，更加理想的形狀重新組合，在我們最無預期的情況下，縈繞心中。就這樣，約翰發現自己外出散步時，常被古董商店的窗櫥所吸引，僅僅因為他看到了什麼讓他想起那塊玻璃的東西。任何東西，只要是一種物體，或多或少呈圓的形狀，或許在其深處還有道即將消逝的焰光，任何東西——不論是瓷器、玻璃、琥珀、石頭，還是大理石——甚至是史前鳥類生的橢圓形滑蛋，統統都行。他還養成習慣，老是低頭注視地面，尤其是在附近的荒地，家庭廢物都是往那兒丟的。這類東西——被丟棄的，沒人要用，不成形的廢棄物，常在那種地方出現。在幾個月內，他收集了四、五件，都放在壁爐架上。對於一位事業生涯處於燦爛邊緣的國會參選人來說，其用途也不小。他有數不清的文件要分類放置——選民講稿、政見發表書、募捐信、晚宴請帖，等等。

有一天，他從法學院他的研究室出發，前往搭乘火車去向選區選民演講，他眼睛看到了一引人注目的物體，半藏在那座法學院建築物的大片地基的外緣草叢中。他只能用手杖的尖端越過軌道去碰觸，但他看得出來那是塊形狀非常奇特的瓷器，像極了個海星，任何類似形狀，或是說湊巧破成五個不規則但明確的尖端。顏色主要是藍色，上面覆蓋綠色的條紋還是斑點之類的，而棗紅的線條則產生了非常動人的豐潤和光澤。約翰決定要擁為己有，但他把它越推越遠，最後不得不走回住處，臨時做了個鐵絲環套在手杖前端，小心翼翼很技巧地把那塊瓷器勾到伸手可及之處。抓到手上時，他歡呼了一聲。這時，鐘聲響了。他不可能趕上開會時間。會議少了他，但照常舉行。這塊瓷器怎麼會破成這麼奇特的形狀呢？經過仔細的檢查之後，他確定那星形的形狀是偶然造成的，這就更加稀奇了，世界上不太可能有另一件和這一件相同的。他把它放在爐架上的另一端，和從沙灘上挖回來的那一塊玻璃遙遙相對。這一塊看起來像是從其他的世界前來的——又荒誕又怪異，像個老小丑哈利昆。它彷彿踮著趾尖在空中舞蹈，像顆星星，一眨一眨地閃著亮光。這一塊瓷器是這麼的活潑，機靈，那一塊玻璃卻是那麼的沈默，好思，兩者之間的對比叫他著迷。他感到奇怪，且訝異，他自問，這兩樣東西怎麼會在同一個世界上存在，更別說怎麼會企立在同一間房間的同一條狹窄的大理石石條上呢。這個問題，始終得不到答案。

他開始出沒於那些最多破爛瓷器的地方，例如火車鐵道之間的荒地，房子拆除之地，倫敦附近地帶的公有地等等。但瓷器很少從高處扔下，人類極少會這麼做。那首先得有間建得極高的房子，還要有個感情衝動，不顧後果的婦人，她隨手把瓶子罐子什麼的，往窗外一扔，也不管窗下會有什麼人走過。破爛瓷器是多得很，但都是家中小事故所造成的，沒有什麼目的，也沒什麼特色。儘管如此，在他深入探討這個問題之後，單是在倫敦地區所找到的，形狀之繁多，常叫他訝異不已，而品質和設計方面的差異，更是引起他許多的遐想和猜測。他會把最好的帶回家，放在爐架上，然而主要的功能是裝飾，需要紙鎮的文件已越來越少了。

或許是他疏忽了職責，也可能是他做事馬虎應付了事，又或是他的選民來訪時，不滿他爐架上的情景，總之，他落選了，沒選上國會議員。他的朋友查理斯十分不放心，匆忙趕去安慰他，卻發現他甚不在意，只好推想，事情太嚴重了，他一時之間難以明白。

事實上，約翰那一天還去了伯納斯公有地，在一叢荊豆下找到一塊非常奇特的鐵塊。形狀上和那塊玻璃十分相像，同樣是又大又硬，圓圓的，然而卻冷冰冰，沈甸甸，黑烏烏，金閃閃的，顯然是異星之物，來自什麼死火星，還是那個月球的餘燼之類的。它壓垂了口袋，壓低了爐架；它散放冷光。然而，那隕石，和那塊玻璃，以及星形的瓷塊，屹立在同一個架子上。

這年輕人，眼睛一件一件地掃視那些東西，心中打定主意要擁有一些更勝一籌的，這叫他痛苦，但他卻越來越毅然的，全心投入搜索之中。要不是由於野心和信心，相信總有一天哪個新發現的垃圾堆會報答他，否則那些他所遭受的失望，加上疲勞以及別人的嘲弄，早該讓他停止搜尋了。但他卻身背袋子，手執長棒，套上萬能鉤子，到處翻搜土堆，翻耙灌木叢下糾糾結結覆蓋著的泥堆，搜索大巷小弄，牆邊牆角，根據他的經驗，這類地方最多那種東西。他的標準越來越高，品味也越來越嚴，失望也就難以數計，但總有那麼一丁點兒希望，總有那麼一片奇形怪狀的破瓷片還是破玻璃片，誘引他繼續搜索。日子一天一天過去。他已不再年輕。他的事業生涯——也就是政治生涯已成了過去式。人們不再探訪他。他太沈默寡言，不值得請他出席晚宴。他從不和任何人談論他的正經思想。從人們的舉止中已可看出，他們對他欠缺了解。

他坐在椅子上，身體向後仰靠，看著查理斯把爐架上的石頭一塊塊拿起，然後一一放下，上上下下十數次，只不過他這麼做只是用來強調他所說的有關政府的做為罷了，一點也沒注意到那些東西本身。

「約翰，到底事情的真相是什麼？」查理斯突然轉身對著他，問道。「你為什麼一下子之間就這麼放棄了。」

「我從來就沒有放棄，」約翰回答說。

「可是你現在一點鬼機會都沒有了，」查理斯粗魯地說。

「我可不同意你的說法，」約翰很有把握地說。查理斯看了看他，深為不自在，心中湧上一股異常的疑慮。他有種奇怪的感覺：兩人講的可能不是同一回事。他環視四周，想找點慰藉，解除心中惡劣的沮喪感，但房間內亂七八糟的景象叫他更加沮喪。那根棒子，以及掛在牆上的舊毛毯袋子，是怎麼回事？還有那些石頭？再看看約翰，他表情上那堅定不移，遙不可及的神情叫他提高了警覺。他清楚得很，就單憑他那副模樣，要想站在競選講台上，已無可能。

「漂亮的石頭。」他聲調盡量顯得開朗，愉快，並說他還得去趕個約會。他離開了約翰——永遠的離開了。

鏡中女士——反影

鏡子不應高懸房中，一如支票簿，或表白重大罪行的信件，均不應隨便打開放置。那個夏日午後，我禁不住往廊中懸掛的長鏡張望。情況碰巧如此。事情緣於我從客廳所坐沙發深處，所見到義大利式長鏡中反映的，不僅僅是擺在對面的長桌的大理石桌面，且是走廊那一端的一大片花園；只見一條長長的草路，穿過兩邊高高的草花，一路下去，直到鏡子金色的鑲邊將其切斷，切掉其中一個角。

屋子裡空無一人。客廳裡既然只有我一人，我於是覺得，自己頗像那些觀察大自然的生物學家。他們常身蓋青草和樹葉，躺在地上觀察最最害羞的動物，如獾、水獺、翠鳥等，看牠們自如地走來走去，自己則隱藏不露。那天下午房間裡就充滿了這種害羞的動物，燈光以及陰影，而窗簾吹動，花瓣掉落——充滿了從未發生的事情，當時假如有人在觀看的話，當會發現此情況。那間靜悄悄的鄉間舊房間，鋪著粗毛地毯，砌著石頭煙囪，書架壓陷，櫥櫃是金紅漆面，那天下午，房間裡充滿了這類夜間活動的動物。牠們旋轉著腳尖橫過地板，走路時，腳優美地高高舉起，尾巴展開，啄著假想的鳥嘴，彷彿牠們是鷺鷥，還是群色澤已褪的高雅紅鶴，又或是下襬披銀的孔雀。房間裡也隱隱約約乍紅乍黑的，儼然有隻什麼烏賊驟然噴出紫墨，瀰漫了空氣，而房間也像個人似的，湧上了激情，怒氣，醋意，哀傷，並籠罩其中。然而一切瞬間即變，保持不了兩秒鐘。

然而，在室外，鏡子反照出走廊的長桌，向日葵和花園小道，照得那麼準確，那麼固定，彷彿一切如實的停留在那兒，難以逃走。這是個奇怪的對比——在這兒，一切變幻不定；在那兒，一切靜止不動。我禁不住要看看這個，再看看那個。而由於天熱，所有的門窗都打開，於是房間裡不斷聽到嘆息聲和終止聲，過路客與去世者的聲音，來來去去的，彷似人的呼吸聲，然而在鏡子裡，一切停止呼吸，一動不動地躺在不朽的昏睡中。

半個小時前，屋子的女主人，伊莎貝拉．泰森身穿薄薄的夏裝，手提籃子，走下草道，之後，人影被鏡子的鑲邊切割，不見了。她大概是走到下花園採花去了，而更合理的推測是，她去採些淡色、奇特、多葉、飄曳的花朵，如葡萄葉鐵線蓮之類的，又或那些盤纏在醜陋的牆壁上的高雅開叉旋花，在這兒那兒綻放著白紫的花朵。她叫人聯想起那些奇特而震顫的旋花，而非挺直的紫苑，漿硬的百日菊，或是她自己種的火紅玫瑰。玫瑰花像燈罩似的棲息在玫瑰樹上筆直的枝桿上。這番比較顯示出，我雖然認識她這麼多年，對她卻知之甚少。想想看，任何有血有肉，年紀五十五或六十的女人，都不可能是個花環或條捲鬚。做這種比類，豈止是懶惰，沒有深度而已——簡直就是殘忍，因此類想法，就像旋花那樣，在我眼中與事實之間抖抖顫顫地出現。事實必定存在，但必定也有道牆將其擋住。然而認識伊莎貝拉這麼多年，奇怪得很，我卻說不出有關她的事實，仍然使用旋花、葡萄葉鐵線蓮之類的辭語來形容她。說到事實，她確是一生未婚，她富有，她買下這間房子，且從世界各地偏僻荒遠的角落裡，冒著毒刺，以及感染東方疾病的危險，收集了地毯、椅子、櫥櫃等，這些東西現在就在我眼前過其夜間生活。有時看來，它們彷彿比我們這些坐在其上，小心踩在其上的人，對她的認識要多一些。在那些櫃子裡都有許多的小抽屜，每一個幾乎都放著些信件，綁著絲帶蝴蝶結，灑著薰衣草枝或玫瑰葉子。另一件有關她的事實是——假如我們想找的是事實的話——伊莎貝拉認識許多人，有許多朋友，因此，如有人膽敢打開抽屜，閱讀她的信件，當會發現許多蛛絲馬跡，看出其激情與焦慮，將赴之約會，以及該赴而未赴的自責，還可看到表達濃情蜜意與情愛的長信，充滿嫉妒與譴責的暴戾信件，分手前的狂言亂語——而這些晤談、幽會毫無結果——也就是說，她一次婚都沒結，然而從她那張像是戴上面具，冷漠無情的臉孔看來，她比起那些敲鑼打鼓向全世界宣示自己愛情的人，所經歷過的激情與經驗要多出數十倍之多。由於我極度思考伊莎貝拉的問題，她的房間變得越加陰暗，越具象徵意義，角落變得更加黑暗，桌腳、椅腳變得更加瘦長，更像象形文字。驟然間，這些鏡子裡的反影猛然消失，一點聲息都沒發出。鏡子裡出現了一個大黑影，玷污了一切，在桌上散撒了一包大理石平板，上有粉紅和灰白紋路，接著黑影不見了。景象全變了。片刻之間一切都無法辨認，難以釐清，模糊不清。想不通這些平板對人有何作用。然後，慢慢的，一切開始有了合理的程序，進入狀況，合乎人類的共同經驗。我終於明白，那些平板不過是信件罷了。是郵差送來了郵件。

大理石面的桌子上放著那些信件，起初全部都注滿了亮光與色彩，天然的，未經吸收的。之後，看到他們給吸入，加以安排、組合，成為景象的一部分，且獲得那份鏡子所賦予的寧靜與不朽，這不免讓人感到奇怪。信件就擱在那兒，產生了新的現實感與意義，也加重了重量，彷彿需要一把鑿子才能將其移動。此外，不論是否出於奇想，這些信件變成不僅僅是一疊泛泛的信而已，而是刻上永恒真實的石板——誰要能加以閱讀，將可得知一切有關伊莎貝拉的事情，對，沒錯，以及有關生命的事實。在那些看似大理石的信封裡裝著的信紙，必定是深深地刻上，濃濃地劃上意義。伊莎貝拉將會走進來，拿起信件，一封一封的，慢慢地拆開，仔細地，一字一字細讀，然後深深呼出一聲領悟的嘆息聲，儼然看穿了一切，把信封撕成碎片，綁好了信紙，鎖在櫃子抽屜裡，下定決心隱藏起她不願讓人知道的事情。

這個想法頗具挑戰性。伊莎貝拉不想讓人知道真相——但她不應再逃走。那很荒誕，很恐怖。假如她真隱瞞了那麼多，又知道得那麼多，我就該利用首先到手的工具——想像——去撬開她。我該就在那一時刻，全神盯住她，當場將她拴住。我不該再讓當時所進行的言論，或做為所拖延，例如晚飯、探訪、禮貌的對話等。我該踩在她的鞋子裡（立場）看問題。照這個句子的字面意義去看的話，我此刻可以很清楚看到她站在下花園裡腳上所踩的鞋子。她穿的鞋子很窄、很長、很時髦——皮革是最軟，最富張力的。和她身上的穿戴的一切東西一樣，那鞋子也極優雅。而她就站在下部花園長得高高的樹籬下面，舉起綁在腰間的剪刀，剪去一朵枯萎的花朵，一枝長得太高的樹枝。陽光照在她臉上，照進她眼中；啊，不好，就在那重要的時刻，一塊雲幕遮擋了陽光，使得她眼中的表情模糊不清——是嘲弄，還是柔順？是明亮還是無神？我只看得見她那姣好，但有點衰老的臉孔的模糊外形，正望著天空。她或許在想：草莓該訂個新網；該送些花去給強生的未亡人；該開車前去探望希皮利夫婦的新家。這些當然都是晚餐時她談到的。但我實在聽膩了她在晚餐時所談的。我想抓住且訴諸文字的是她那更深沈的一面。那一面之於心靈如同呼吸之於身體，我稱之為快樂或不快樂的。提到快樂與不快樂，她顯然該是很快樂。她很富有，又出名，有許多朋友。她到處旅遊——在土耳其買了地毯，在波斯買了藍色花瓶。一道又一道的歡悅從她所站立的地方向這邊，向那邊散放。她舉起手中剪刀剪去抖抖顫顫的樹枝，絲帶狀的雲層掩蓋了她的臉孔。

她剪刀一剪，剪下了葡萄葉鐵線蓮的小枝，花枝應聲落地。花枝落地時，必然也落下了些光線，我們必然也可看透她一些些。這時她心中充滿了柔情與遺憾……剪掉一根過長的樹枝叫她心疼，畢竟那也曾經有過生命，而生命對她來說都是寶貴的。是的，樹枝的掉落同時也暗示，有一天她也必須死亡，一切事情均徒勞無用，均會消散殆盡。很快的她跟著這條思路，在理智策動下，即刻想到生命一向十分厚愛她；將來即使要倒下，也是倒在這塊泥土上，芳香地溶化在紫羅蘭的根鬚裡。她就那樣站在那兒思考。她心中並沒有什麼確切的想法——她這類的人，總是十分緘默，總把想法埋在沈默的雲霧中——但她確是充滿了各種想法。她的心就像她的房間，在房間裡，光線前進，後退，踮著腳尖旋轉，纖巧地進來，展開尾巴，一路啄食。之後，她整個人，就像房間一樣，洋溢著某種深奧的知識，某種難以啟齒的悔恨，之後，就像她的櫥櫃，充滿了上鎖的抽屜，裡面塞滿了信件。說到要「撬開她」，彷彿她是隻蠔似的，那就得使用最優良、最含蓄、最輕柔的工具，否則就是大不敬，就荒謬絕倫。我必須想像——而她人就在鏡子裡。那叫我嚇一跳。

她起初人在那麼遠的地方，我看不清楚。她一路徘徊，走走停停，這兒扶扶一朵玫瑰，那兒摸摸一朵粉紅色的嗅一嗅，但從沒真正停下腳步來。她在鏡子裡的人影也越變越大，越來越像那個我想看穿她心思的人。我是逐步證實她的——以合乎我在這個清楚可見的人身上所發現的特質去證實。我看到了她灰綠色的衣服，狹長的鞋子，手提的籃子，以及喉頭處什麼發亮的東西。她走得那麼慢，以致沒有打亂鏡中的模式，只是帶進了些新的元素，輕輕地移動，改變了其他的東西，彷彿客氣地請人讓路給她。而在鏡中等待的信件、桌子、草皮步道、向日葵等等一字分開了，且伸展打開，迎接她加入行列。最後，她出現了，就在走廊上。她停下腳步不動，人站在桌邊，站著一動也不動。鏡子馬上往她身上傾瀉一道光線，彷彿把她黏住，彷彿是什麼濃酸，腐蝕掉了表面的，不重要的東西，只留下真實。那景象可真迷人。一切都從她身上剝落——雲彩、衣服、籃子、鑽石——所有那些我稱之為爬藤，旋花的都剝落了，剩下的是底下的實牆，剩下的是那女人本身。她赤裸裸地站在無情的燈光下。什麼都沒有。伊莎貝拉空無一物。她沒有思想。她沒有朋友。她誰也不關心。至於那些信件，全部都是帳單。看，她站在那兒，人又老又消瘦，血管凸起皺紋又多，鷹呾鼻，雞皮脖子，帳單她連拆都懶得拆。

鏡子不應高懸房中。

女公爵與珠寶商

奧利佛・培根住在一間公寓房子的頂樓，面對格林公園。他擁有一整層樓；椅子突出的角度剛剛好——椅子套著皮革。沙發剛好填滿凸窗的凸出部分——沙發套著織綿。窗子，那三個長窗，掛著不很顯眼的網紗和花緞，大小適中。紅木櫃子不太惹眼地擺滿了白蘭地，威士忌和利口酒。他從中間窗子往下看，看到擠滿在皮卡迪利廣場狹窄通道上閃閃發亮的時尚名車車頂。市內再沒有哪個位置比這個更中心的了。他要他的男僕每天早上八點鐘把早餐放在托盤裡送進房間來，男僕攤開他棗紅色的晨袍，他舉起長長尖尖的指甲挑開了信件，取出厚厚一疊的白色邀請卡，上面粗大的字體印著各方的邀請：公爵夫人們，伯爵夫人們，子爵夫人們，以及貴夫人等。之後，他盥洗；之後，他吃吐司；之後，他靠著電炭的熊熊烈火閱讀報紙。

「看啊，奧利佛，」他自言自語地說。「你出身污穢的小弄巷，你……」說著，他低頭看看自己的雙腿，穿著完美的長褲，模樣是那麼的優美；再看看靴子，看看靴套。全都是式樣優美，閃閃發光，是塞維勒街上最佳師傅使用最上乘布料裁製的。但他常常拆解自己，再度成為暗巷中的那個小男孩。有一度他曾想，他的最高志願是——向白教堂區的名流夫人販售偷來的名狗。而他真的賣了一次。「哦，奧利佛，」他母親哭喊道。「哦，奧利佛！兒子啊，你什麼時候才會清醒啊？」……之後，他站過櫃台，賣過便宜手錶；之後，他帶了個行囊去阿姆斯特丹……想起這一些，他低聲輕笑——老奧利佛竟然回憶年輕的日子啦。沒錯，那三顆鑽石他幹得不錯，祖母綠也讓他賺了些佣金。那之後，他進入了海登園工作，擁坐店後的私人房，房內有天平、保險箱、厚重的放大鏡。之後……之後……他輕聲一笑。在炎熱的傍晚，當他走過一大群正在討論珠寶價格、金礦、鑽石，討論那些來自南非的報告的珠寶商時，當中有人把手指壓在一邊鼻孔，輕輕地發出了一聲「哼——嗯——嗯」。那不過是輕輕的一聲而已；只是肩膀輕推一下，或手指輕壓鼻上而已，只是海登園內的一堆珠寶商，在炎熱的午後的一聲嗡嗡耳語罷了——哦，那是多年前的事了！但奧利佛仍感到脊椎骨上有一股暖流噗噗而下，那輕推，那低語，表明的是，「看——年輕的奧利佛，年輕的珠寶商——他在那兒。」他那時是年輕。他的穿著越來越高級。起初，他買了部漂亮的小馬車，之後，換了部汽車。看戲時，起初，他坐上了包廂席，之後，他坐下了前排座。在里奇蒙區，他買了間大宅邸，面對河流，種著一花架一花架的紅色玫瑰花。每天早上，「小姐」總是摘下一朵，插在他的鈕釦洞上。

「是啊，」奧利佛．培根站起身來，伸伸腿。「是啊……」

他站在壁爐架上一幅老太太的肖像下，舉起雙手。「我遵守了諾言，」他說，雙手合併，掌對掌，像是在對她宣誓。「我賭中了。」就這樣，他成了全英國最有錢的珠寶商。但他的鼻子，又長又軟的，像隻象鼻，鼻孔古怪的震顫（不單是鼻孔，整個鼻子都像是在震顫），彷彿在說，他仍然不滿足；仍嗅到了地底下不遠處的什麼東西。想想看，在長滿松露的牧場上，有隻大公豬，牠挖了一塊又一塊的松露之後，仍然嗅到地底遠處還有一塊更大，更黑的。就這樣，奧利佛總是在倫敦梅費爾高級區的肥土上嗅到了另一塊松露，比之前更加黑的，更加大的。

他於是弄直了領帶上的珍珠，穿上那件漂亮的藍色大衣，拿了黃色的手套和手杖，搖擺著身體走下了樓梯。在走出房子，進入皮卡迪利時，他那又長又削的鼻子半嗅，半嘆的。說真的，他可不依舊是個傷心的人，是個不滿足的人，雖然已下對了賭注，卻仍在搜索什麼隱藏的東西？

他走路時，身體有些許搖擺，就像動物園的駱駝在走過滿街都是雜貨商人的柏油路時，那樣的左右搖擺，商人的妻子們拿著紙袋吃東西，銀色的紙屑丟得滿地都是，壓皺積成一堆。駱駝看不起賣雜貨的；駱駝對自己的同類不滿；駱駝看到前方湛藍的湖泊和棕櫚樹的穗毛。於是，那偉大的珠寶商，那世界上最偉大的珠寶商，他搖擺身體走下皮卡迪利廣場，服飾一流，戴著手套，拿著手杖；但依舊不滿足。他走進那陰暗的小商店，一家聞名法國、德國、奧地利、義大利，以及美國各地的商店——那間位於龐德名店街外的陰暗小商店。

他和往常一樣，一言不語地穿過商店，雖然店裡有四個人，其中兩個年紀大的，馬歇和史賓塞，另兩個年輕的，漢默德和威克斯，他們站得筆直地看著他，眼中充滿羨慕的神情。他只是輕輕搖了搖戴著琥珀色手套的一隻手指，表示他看到了他們。他走進他的私人房間，隨手關上門。

之後，他打開了窗子的柵欄格子，龐德名店街的吵雜聲接著傳了進來，還有遠方車子的噗噗聲。商店後方的反射鏡，燈光向上照射。有棵樹搖晃著樹上僅有的六片葉子，那是六月嘛。然而「小姐」嫁給了本地酒廠的派德先生——現在再也沒人替他在鈕釦洞裡插上玫瑰花。

「所以嘛，」他半嘆息，半輕蔑地說，「所以嘛——」

說著，他按了牆上的一塊彈簧，鑲板慢慢地滑開，鑲板後有鋼製的保險箱，總共五個，不對，是六個，都是磨光的鋼板做的。他轉動鑰匙，打開其中一個，接著再打開一個。每一個都墊著深深的絳紅色天鵝絨，上面放著各種珠寶——手鐲、項鍊、戒指、頭冠、爵位冠、小冠冕；以及放在玻璃殼的散石——紅寶石、綠寶石、珍珠、鑽石等。全部都安安穩穩的，閃耀發亮，冷冷的，然而卻燃燒著本身壓縮的亮光，永恒的亮光。

「淚珠！」奧利佛說，眼睛看著珍珠。

「心臟之血！」他說，眼睛看著紅寶石。

「火藥！」他繼續說，搖得鑽石嘎嘎響，閃爍，生輝。

「這些火藥足以炸掉倫敦的梅費爾區——炸得天那麼高，那麼高，那麼高！」他頭往後一仰，說話的聲音像馬在嘶鳴。

電話在他的桌上悶著聲音卑躬屈膝地嗶嗶叫。他關上保險箱。

「十分鐘之後，」他說。「不得提早。」他在桌前坐下，看著自己袖釦環上刻著的羅馬皇帝人頭像。他又將自己拆卸開來，變回在小巷中玩玻璃珠的小男孩。星期天，他們在那兒販售偷來的狗。他變回那個狡猾伶俐的小男孩，嘴色紅潤得像新鮮的櫻桃。他的手指撩撩一串串的牛胃，蘸蘸一盤盤的炸魚，在擁擠的人群中閃過來躲過去的。他身材細瘦，體態柔軟，眼珠像磨光的寶石。而現在——現在——時針滴答響，一，二，三，四……藍勃公爵夫人在恭候他的接見；藍勃夫人，伯爵之女。她得坐在櫃台椅子上等候十分鐘。她恭候他的接見。她得等到他方便時才見她。他注視著鯊皮箱裡的時鐘。指針不斷地移動。時鐘每滴一聲，就分別遞給他——彷彿如此——一塊鵝肝餅，一杯香檳，另一杯上品白蘭地，一支一基尼一根的雪茄。在那十分鐘裡，時鐘把這些東西放在他身旁桌上。然後他聽到輕柔緩慢的腳步聲逐漸靠近，走廊一陣沙沙的聲音。門開了。漢默德先生身體緊貼著牆。

「公爵夫人！」他通報道。

他站在那兒等待，身體緊貼著牆。

奧利佛站了起來，他聽見公爵夫人走過走道時衣服的沙沙聲。然後她顯現，香氣瀰漫房門，瀰漫房間，每一位公爵和公爵夫人都有的那股威望、驕氣、浮華、傲氣鼓成了一個大波浪。而在她坐下時，如同浪破一般，她也破了，潑灑、濺瀉、掉落到奧利佛・培根身上，掉了偉大的珠寶商一身；耀眼奪目的色彩，綠的，玫瑰紅的，紫的，掩蓋了他，還有種種氣味，種種燦爛的光，以及手指尖散放的光輝，羽飾的前搖後擺，絲緞的閃耀，統統掩沒了他，因為她塊頭實在大，人又實在胖，身體緊緊地裹在粉紅色的波紋綢裡，人且已過了盛年。就如同一把有許多荷葉邊褶的陽傘那樣折合了邊褶，就像一隻有許多羽毛的孔雀那樣折合了羽毛，她一屁股坐在扶手椅子上，身體沈了下去，也閉合了自己。

「早安，培根先生，」公爵夫人說著，伸出了手，白色的手套上有條縫。奧利佛深深彎著腰握了一握。他們兩手一碰，兩人之間又再次打造了相互的關連。他們既是朋友，又是敵人；他是男主人，她是女主人，相互欺騙，相互依賴對方，相互害怕對方。每一次兩人在這店後方的小房間雙手相碰時，相互都感覺到了，也都知道了這一點。房間外是閃閃的白光，那棵樹上只有六片樹葉的樹，以及遠處傳來的街道聲，而在他們身後，是六個保險箱。

「公爵夫人，今天，我有什麼可效勞的？」奧利佛問，聲音非常的柔。

公爵夫人打開她的心，她的私人的心，張大了嘴。她嘆了口氣，但沒說什麼，便從手提包中掏出了一個洗水皮革做的窄長小袋子——看起來像隻瘦小的黃毛雪貂。而從雪貂肚子上的一道縫隙，她倒出了珍珠——十顆珍珠。珍珠從雪貂肚子上的縫隙滾出——一顆，二顆，三顆，四顆——像什麼天上神鳥的蛋。

「親愛的培根先生，我就只有這一些了，」她痛苦地說。五顆，六顆，七顆——珍珠向下滾，滾下她兩膝之間遼闊的山坡，掉到一條狹窄的山谷中——第八顆，第九顆，第十顆。珍珠躺在桃紅色波紋綢的光輝中。十顆珍珠。

「是從家傳愛坡比法袍環帶上取下的，」她哀傷地說。「最後……最後幾顆了。」

奧利佛伸出手拿了一顆，捏在姆指和食指之間。是很圓，是很有光澤，可是是真的，還是假的？她可又在說謊？她敢嗎？

她舉起一隻豐腴多肉的手指放在兩唇之間。「要是讓公爵知道……」她低聲輕輕的說。「親愛的培根先生，運氣不好哪……」

又在賭了，是不是？

「那惡棍！那老千！」她嘶嘶地切著齒說。

顴骨切了一塊的那個男人？那是個壞蛋。而公爵，人正直得像根棒子，蓄了個八字鬍。要是讓他知道，他會切斷她的財源，把她關在那兒下面——我又知道些什麼，奧利佛心想，瞥了一眼保險箱。

「愛拉蜜塔，黛芙妮，黛安娜，」她悲嘆的說。「我是為了她們。」

愛拉蜜塔，黛芙妮，黛安娜三位小姐——她的女兒。他認識她們，崇拜她們。但他愛的是黛安娜。

「我把所有的祕密都告訴你了，」她拋了個媚眼。淚珠滑落；淚珠墜下；淚珠，像鑽石，在她櫻花般粉紅的顴骨溝上收集了火藥。

「老朋友，」她喃喃地說，「老朋友。」

「老朋友，」他跟著說，「老朋友。」他彷彿在舔舐這個辭語。

「多少錢？」他問。

她一手蓋住了珍珠。

「兩萬，」她小聲的說。

但那是真的，還是假的，他手上捏住的那一個？愛坡比法袍環帶——她不是早賣了嗎？他可按鈴叫來史賓塞或漢默德，說，「拿去檢視。」他手伸到鈴上。

「你明天會來吧？」她敦促他，她阻止他。「首相——閣下大人……」她頓了頓。「還有黛安娜……」她加了一句。

奧利佛抽回了手。

他的視線越過她的身體，望著龐德街上的房子的背面。但他看到的，不是龐德街上的房子，而是一條漣漪盪漾的河流，水面浮起的鱒魚、鮭魚；首相和他兩人，穿著白色的背心，還有，黛安娜。他低頭看看手中的珍珠。在那條河流的注目下，在黛安娜的注目下，他怎能檢驗這顆珍珠？而公爵夫人的眼睛正看著他。

「兩萬，」她呻吟道。「我人格保證！」

黛安娜母親的人格！他拉過支票本，取出筆來。

「兩——」他寫下「兩」字，然後停筆。畫中老婦人的眼睛看著他——老婦人他的母親。

「奧利佛！」她警告他。「理智點！別當傻瓜！」

「奧利佛！」公爵夫人懇求道——這次的稱呼是「奧利佛」，而不是「培根先生」。「你會來度週末的吧？」

和黛安娜單獨在林中相處！和黛安娜單獨在林中並騎！

「萬，」他寫下「萬」字，並簽了名。

「行了，」他說。

而當她從椅子上站起來時，陽傘的荷葉邊褶全部又都打開了，孔雀的羽毛全都張開，還有波浪的光彩，以及英法阿金庫爾戰役的刀光劍影。那兩位年長的和兩位年輕的人，史賓塞和馬歇，威克斯和漢默德，在他領她穿過店面走到門口時，他們在櫃台後站挺了身子，一臉的嫉羨。他在他們面前晃了晃他的黃色手套，而她，抓著她的人格——一張他簽上名字的兩萬鎊支票——緊緊地抓在手裡。

「這些珍珠是真的，還是假的？」奧利佛自問，順手關上了房間。十顆珍珠，就在那兒，放在桌上吸墨紙上。他拿到窗前。他對著光放在鏡頭下看……這嘛，啊，是他用鼻子從地裡挖出來的松露！菌中心爛了——核心爛了！

「對不起，哦，媽媽！」他嘆了一聲，舉起手，彷彿請求畫上老婦人的原諒。這時，他又變成了星期天在小巷中賣狗的小男孩。

「因為，」他喃喃地說，雙掌合併，「那會是個長長的週末。」

生存的片刻

——斯拉特店裡賣的大頭針沒有針尖——

「斯拉特店裡賣的大頭針沒有針尖——老是這樣，可不是？」芬尼·威默特衣服上別著的玫瑰花掉落地上時，克瑞小姐轉過頭來這麼對她說。芬尼蹲下身，在地板上尋找失落的大頭針，耳中滿溢著音樂。

這句話帶給她格外的震撼，因為克瑞小姐正好敲下巴哈〈賦格曲〉的最後一個音弦。克瑞小姐真的親自上斯拉特商店去買大頭針嗎？芬尼·威默特愣了一下，然後自問，她也像別人一樣站在櫃台前等待找錢，拿了發票，包住銅板，塞入手提包裡，而一小時後站在梳妝台前，取出所買的大頭針？她買大頭針做什麼？她穿衣服與其說是穿著，倒不如說是套著，就像甲蟲緊緊地套在甲殼裡，冬季一律套著藍的，夏季一律綠的。她——茱莉亞·克瑞——要大頭針做什麼？她彷彿活在巴哈〈賦格曲〉冷漠平靜的世界裡，彈自己喜愛的曲子自娛，只肯收一、兩個阿契街音樂學院的學生，特給自己施個惠（學院校長肯斯頓小姐是這麼說的）。她對克瑞小姐「在各方面均極度讚賞」。克瑞小姐在兄長死後，肯斯頓小姐甚感遺憾，她經濟情況欠佳。哦，他們從前的東西可真漂亮，那時他們住在索爾斯伯里平原，當然囉，她哥哥朱利斯是非常有名的嘛——著名的考古學家。到他們家住可真是種殊榮，肯斯頓小姐說（「我們家跟他們一向很熟——他們是上坎特伯里大教堂的，」肯斯頓小姐說），但對小孩子來說可是有點可怕；我們得小心，不可用力關門，也不可隨意撞進房間裡去。肯斯頓小姐說到這兒，露出微笑，她在開學的第一天，一邊收支票，寫收據，一邊做了點這類的教師素描。是的，她小時候是有點野丫頭的味道，老是一頭衝進房間裡去，把放在盒子裡的羅馬式玻璃杯等等東西震得格格跳動。克瑞一家人不習慣家中有小孩子。克瑞兄妹都沒結婚。他們家養貓。貓啊，我們總覺得，牠對羅馬式咖啡壺等東西的了解，不比人類差。

「比我了解得多！」肯斯頓小姐開朗地說，舉起充滿幹勁和活力的胖手在印花上簽下名字；她總是很講究實際。畢竟那是她的謀生之道。

那，芬尼．威默特一面找大頭針，一面想，克瑞小姐說「斯拉特店裡賣的大頭針沒有針尖」，或許只是隨口亂說罷了。克瑞兄妹沒人結過婚。她對大頭針一無所識——什麼都不懂。但她想打破他們家所遭受的符咒；打破分隔他們和人家之間的玻璃窗。當波麗，那快樂的小女孩，砰地關上門，震得羅馬式花瓶格格跳動時，朱利斯確定，那沒造成什麼損害（那是他的第一個反應），因為箱子是放在窗子檯上的，他於是望著波麗蹦蹦跳跳越過田野回家去。他帶著他妹妹常有的那種眼神，戀戀不捨逼人的眼神，望著。

「星星，太陽，月亮，」那眼神似乎說，「雛菊在草地上，焰火，白霜在玻璃窗上，我的心和你出門去。但，」總是要再加上但，「你打破，你走過，你離去。」卻又帶著又渴望又沮喪的語氣說，「我搆不到你——我得不到你。」同時掩蓋那兩種心情的強烈感。星星隱去，小孩走了。就是那種符咒，那種光滑的表面，克瑞小姐想把它打破。當她美妙地彈奏巴哈，做為對她愛徒的獎勵時（芬尼．威默特知道，自己是克瑞小姐的愛徒），她表示，她，和別人一樣，也知道大頭針的問題。斯拉特店裡賣的大頭針沒有針尖。她想藉此打破符咒。

是的，「著名的人類學家」也有那種眼神。「著名的人類學家」——肯斯頓小姐一邊在支票上背書，核對日期，一邊說，語調又開朗又坦率地，但她的聲音中有股難以形容的語氣，暗示有什麼古怪之處，暗示朱利斯．克瑞有什麼費解之處，茱莉亞身上或許也有那種古怪的東西。我們敢說，芬尼．威默特心中想道，她彎身在找針，在宴會上，在禮拜集會上（肯斯頓小姐的父親是牧師），她是聽到了些許的閒言閒語，或許當人家提到他的名字時，那只不過是個微笑，又或是個語調而已，但卻讓她的朱利斯．克瑞產生了「一種感覺」。不用說，她從沒跟人談及此事。很可能她自己都不知道那代表什麼。儘管如此，每一次她說到朱利斯，或聽到人家談到他時，那時她心中首先想到的是，一個十分誘人的想法：朱利斯．克瑞有些古怪之處。

茱莉亞，看來也是如此。她坐在音樂凳上，半轉著身體，臉上露著微笑。美——在田野上，在窗玻璃上，在天空上，我搆不到，我得不到——我，她彷彿加了一句，手微微握緊，一如往常，我是如此熱烈地仰慕它，願意付出一切去擁有它！她撿起掉在地上的康乃馨，而芬尼，則在搜尋大頭針。她把花拿在平滑但多紋理，套著水色珍珠戒指的手中擠壓，芬尼覺得，她是帶著滿足的快感。她手指的壓力似乎越發增加了花的燦爛，散放了它，使它更加多褶，越加鮮艷，潔淨。她之所以古怪，或許她哥哥的情形也是如此，是因為她那手指的擠壓和抓握總是帶著揮之不去的失望。康乃馨現在的情況就是這樣。她拿在手上，擠壓它，卻無法完完全全，真真正正地擁有它，享受它。

克瑞兄妹都沒結過婚，這個，芬尼．威默特記得。她想起有一天下課下得晚了些，天已黑了。當芬尼站在那兒綁披風時，茱莉亞露出她那古怪的笑容向她微笑，說道，「男人的用途，應該就是保護我們。」那披風，就像那朵花一樣，直刺她的手指尖頭，叫她意識到青春和光彩，然而也和那朵花一樣，芬尼心想，叫她感到尷尬。

「哦，可是我不需要保護，」芬尼笑了。但當茱莉亞。克瑞瞪著她那奇特的眼神盯著她看，並說那她可說不準哦，芬尼在她那讚許的眼神注視下，的的確確是紅了臉。

那是男人唯一的用途，她是這麼說的。就是為了這個原因，芬尼心想，眼睛仍在地上搜找，她才一輩子都沒結婚的嗎？但她畢竟並非一直都住在索爾斯伯里。「倫敦最佳的地區，」她曾說過，「（但我說是的是十五年，二十年之前的事）是肯辛頓。只要走十分鐘的路，就到了公園——那兒像是全國的心臟中心地帶。就是穿著涼鞋出門吃飯也不會著涼。肯辛頓——那時還像個小村莊呢，妳懂吧。」她說。

說到這兒，她停了停，轉而尖刻的譴責地下火車上的強風。

「那是男人的用途，」她這麼說，語調古怪，辛辣，嚴苛。那是否透露了些她為什麼不結婚的信息？我們可以想像她年輕時的各種情景。她長著一對湛藍清秀的眼睛，挺直堅實的鼻子，風采優越出眾，彈得一手好鋼琴，摩斯林布料的衣服上，胸前別著聖潔的花朵。對她神魂顛倒的，首先是那群年輕人，他們對許多東西都感到妙不可言，例如瓷器茶杯，銀製燭台，鑲嵌的桌布等，克瑞家有這些漂亮的東西。首先被她吸引的是那群不夠出眾的年輕人，那群住在大教堂小鎮上，野心勃勃的年輕人。其次，被她吸引的是他哥哥在牛津還是劍橋的朋友。他們夏天到她家來玩，帶她在河上划船，之後，還繼續和她通信，討論詩人布朗寧。而有那麼少數幾次，在她到倫敦時，或許還安排帶她去——肯辛頓公園？

「是倫敦最最美妙的地區——肯辛頓（我說的是十五，二十年之前的事），」她有一次這麼說。只要走十分鐘就到了肯辛頓公園——到了全國的心臟地帶。人可就其所愛，屈就一下，芬尼．威默特心想，例如，挑選薛爾曼先生，那位畫家老朋友，讓他事先約定，在七月某個陽光普照的日子，前來探訪她，帶她到樹蔭下喝茶。（他們也是在這類聚會中相遇的；人們腳上趿著涼鞋，不用擔心著涼感冒。）在場該有位姑媽，還是什麼長輩的在旁等候，看著他們眺望斯盤泰英河。他或許也划船帶她渡了河。他們把斯盤泰英河和亞文河做番比較。她可能會講得十分激烈。她很重視對河流的觀點。她稍稍弓起了背，微微呈稜角狀，搖槳的姿勢仍十分優雅。在那關鍵的一刻——因為他已下定決心要說出來——那是他唯一和她單獨相處的時刻——他說話時頭轉了個很滑稽的角度，在緊張之中，頭轉到了後方——而就在那一刻，她兇惡地打斷了他。他要讓他們撞橋了，她嚷道。那是恐怖和幻滅的一刻，也是覺醒的一刻，對兩人來說都是。我不能保有，不能擁有那個，她心想。他不明白她為什麼要前來。他的槳濺了一個大水花，船轉了頭。就為了斥責他？他搖了船送她回去，道了再見。

那一個場面的場景，芬尼．威默特心想，其實可以隨個人意見更改。（那根針掉到哪兒去了？）地點可能是拉文納，又或是她替她哥哥看房子的地方——愛丁堡。場面可以更改，那位年輕人，以及他確切的舉止，也都可以更改，但有一件是持久不變的——她面露難色，她謝絕，她事後自我生氣，她辯駁，然後如釋重負——對，她確實是釋下一大塊重負。第二天，她或許會一早六點起床，披上披風，一路從肯辛頓走到河邊去。她可以在最佳的時刻去看望景色。——在大家起床之前——而不必犧牲這種權利，她深為感激；也就是說，只要高興的話，也可賴在床上吃早餐。她沒有犧牲她的獨立自主。

是的，芬尼．威默特笑了，芬尼沒有危及她的個人習慣，那仍十分安全。要是她結了婚，她的習慣就會受害。「那是吃人的魔鬼，」有一天晚上她半開玩笑地說，那時，她的另一位學生，新近結婚時，突然想起她很想念她丈夫，於是匆匆衝出離去。

「那是吃人的魔鬼，」她那麼說，笑得很淒厲。有了個吃人的魔鬼，或許就會妨礙早上在床上吃早餐的習慣，妨礙破曉時刻到河邊去的習慣。要是她有小孩的話（這個，叫人想都不敢想），那會怎麼樣？她小心翼翼，避免寒風、疲倦、油膩、誤食、穿堂風、炎熱的房間、搭乘地鐵，因為她無法確定究竟是上述哪一樣導致她頭痛欲裂，搞得她的生活變成一幅戰場的景象。她總是設法打敗敵人，到末了，其過程彷彿也有本身的趣味；萬一她打敗了敵人，那生活就會變得有點無趣。於是，拉鋸戰永不休止——在戰場的這一端是夜鶯，或是她激情熱愛的景色——是的，對景色與鳥，她的感覺就是激情；而在戰場的另一端是潮溼的小徑，或是長途跋涉陡峭的山坡，叫她第二天一無是處，頭痛欲裂。因此，她間或鼓足全力，在報春花——這些光澤鮮艷的花朵是她的最愛——盛開的那一個星期，她離家前往漢普頓大廈去參觀，那是一場勝利。那是永遠存續的事情，對她永遠都重要的事情。她把那個下午串在她那串可追憶的日子的項鍊上。那項鍊其實並不怎麼長，她可以隨時回憶這一天或那一天；這個景色或那個城市；手指摸一摸，觸一觸，帶著一聲嘆氣，去品味那使之與眾不同的特質。

「上個星期五，天氣好美，」她說，「我決定前去。」她於是付出了一番相當的努力，前往滑鐵盧——去參觀漢普頓大廈——獨自一人。很自然，但也可說是很愚蠢，我們同情她，給予她她並不領情的同情（她的確是慣於避口不談，就是說及健康狀況，也不過像勇士談及仇敵那樣罷了）——我們同情她，因為她做任何事情都是獨自一人。她妹妹患氣喘病。愛丁堡的天氣剛好適合她，茱莉亞則覺得太陰寒刺骨。她或許也覺得那兒太叫人傷心難過，因為她哥哥，那位著名的人類學家，就是在那兒去世的，而她一直都很愛她哥哥。她孤孤單單獨自一人住在布羅普頓大道邊的一間小房子裡。

芬尼．威默特看到大頭針了，她撿了起來。她看看克瑞小姐。克瑞小姐真是那麼寂寞嗎？不是，克瑞小姐是個穩健的、幸福的、快樂的婦人，即使是只有那麼片刻而已。芬尼正好捕捉到了她心曠神怡的一刻。她坐在那兒，身體半邊轉離鋼琴，雙手合併放在膝上，握著直立的康乃馨，背後是鮮明的方形窗子，沒有窗簾，在夜間呈紫顏色，而在開了燈，明亮的燈光無遮攔地照在空盪盪的音樂室之後，紫色更加深化。茱莉亞．克瑞，弓著背，結結實實地坐在那兒，手上拿著花，彷彿是從倫敦的夜晚鑽冒出來的，將其宛若一塊被披風那樣甩披在身後。在赤裸又強烈的夜晚中，她流露出的氣魄彷似什麼她製造出來的東西，包圍著她。芬尼看傻了眼。

在芬尼．威默特的注視之下，一切似乎在片刻之間變得透明易見，她彷彿看透了克瑞小姐，見到她生命之泉湧射出純銀的珠滴。她看到她過去的過去。她看見放在盒子裡的羅馬式綠色花瓶，聽見少年唱詩班的團員在打板球，見到茱莉亞悄悄步下迴旋的樓梯，走到草地上去；之後見到她在杉樹下倒茶，溫柔地把老先生的手握在自己掌中；看到她在古老大教堂住處的走廊上走過來，繞過去的，手拿毛巾擦拭，一邊慨嘆日常生活之卑微，之瑣碎；而她年歲緩緩增添，夏日來到時，她收存了一些衣物，太鮮艷了，不再適合她的年紀；她照顧父親的疾病；她立意堅決，要孤獨過日，也就更加執著自己的生活方式；外出旅行，她省吃儉用，精打細算，緊摳荷包，不論是支付這趟旅行，還是更換那個舊鏡子，都要一一算清；不管旁人會怎麼說，在選擇娛樂方面，她都固執地堅守自己的本意。她看見茱莉亞——

茱莉亞烈火熊熊。茱莉亞熾烈燃燒。在黑夜裡，她燃燒得像個白色的死火星。茱莉亞張開手臂。茱莉亞吻她的雙唇。茱莉亞擁有了它。

「斯拉特店裡賣的大頭針沒有針尖。」克瑞小姐說，怪聲地輕笑，放鬆了手臂。芬尼把花別在胸上，手指顫抖。

喜愛同類的男人

皮瑞克·伊利斯那天下午急步穿過院長草坪時，和理查·德勒威不期而遇，或者該說，在兩人就要擦身而過時，各人側目從帽簷下，越過肩膀隱密地向對方投去的一瞥，變寬，變闊，然後雙方相互突然認出了對方。他們已二十年沒見過面。他們從前同上中學。伊利斯現在有何高就？當律師？那當然，當然——他在報上追蹤過他接手的案子。站在這兒無法長談。晚上來家裡坐坐好嗎。（他們住在原來的老地方——就在前面轉角處。）還有一、兩個朋友也會來。喬伊森或許會來。「現在可是號響噹噹的人物啦。」理查說。

「好——那就今晚見了，」理查說完，繼續向前走。「頂高興」（那也不假）遇見那個古怪的傢伙，他和唸中學時幾乎沒有什麼不同——還是從前那個身體圓滾滾胖嘟嘟的小男孩，渾身插滿了歧視和成見，人則非常聰明——獲得新堡大學的獎學金。唔——他走了。

然而，當皮瑞克·伊利斯回轉身，看著德勒威的人影消失時，他卻希望自己沒遇見他，或者說，至少沒答應去參加他的派對。他畢竟一向還蠻喜歡他那個人。德勒威成了家，常舉行派對，和他不同類型。到時他還得穿著整齊。然而當夜晚降臨時，他覺得，既然自己答應了人家，又不想失禮，那還是去走一趟吧。

可那聚會真要人命！喬伊森是去了，但兩人沒什麼話可說。他從前就是個浮誇的小男孩；長大後更加自我中心——就是這樣的了，而房間裡，沒有任何其他一個人是皮瑞克·伊利斯認識的。一個都沒有。因此，他既不能不和德勒威打聲招呼就掉頭離去，而德勒威穿著白色的背心，忙裡忙外的，似乎忙得分不了身，他只好呆站在那兒。這種事情叫他心裡作嘔。想想看，負有責任的成年男女，生命中每個晚上竟都如此度過！他平日雖做得像牛像馬，身體倒藉著運動保持得還可以；他倚牆站著，一言不語地，剛刮過鬍子的臉頰青一塊紅一塊的，皺紋逐漸加深，他表情冷酷，兇殘，八字鬍彷彿浸泡了寒霜。他毛髮豎立，他咬牙切齒。穿著那身寒傖的晚裝，他看起來蓬亂邋遢，卑微低下，骨瘦嶙嶙。

那些俊男淑女，他們無所事事，喋喋不休，盛裝過度，嘴巴講個不停，笑個不停。皮瑞克．伊利斯看著他們，拿他們和布魯諾夫婦相比。布魯諾夫婦打贏了控告芬那酒廠的官司，獲得兩百鎊的賠償金時（數目不到他們應得的一半），他們花了五鎊去買了個鐘送他。那實在是件很得體的事，是件很叫人感動的事。這時，他目光更加嚴厲地瞪視那群人，那群盛裝過度，冷嘲熱諷，財大氣粗的人，且把他此時的心情和那天早上十一點鐘時的做了番比較。那天早上，布魯諾先生和太太兩老，穿著他們的最佳服飾，看來整齊乾淨，端莊體面的，前來看他，送給了他那份禮物。老先生站直著身體說了番話。就如他所說的，感激和欽佩您處理我們案子的高明手法，而布魯諾太太高聲接口說，他們覺得一切都是拜他所賜。他們深深感謝他的慷慨相助——因為，當然囉，他是沒收費的。

他拿了鐘，把它放在壁爐頂面的正中間，他覺得自己不想讓任何人看到他當時臉上的表情。那是他工作的目標——那是他的酬勞。他看看眼前那群人，宛如他們剛舞過他辦公室中的那一幕，露身其中，而當場面消失——布魯諾夫婦消失後——彷彿他自己單獨留下，面對這群來意不善的人群。他只是個非常普通，不諳世故的人，是個屬於普羅大眾的人（他站挺了身體），衣著十分低劣，散放不出什麼神采，或什麼風采。他是個拙於隱藏感情的人，是個平常，普通的人，與罪惡，貪污，社會的無情奮戰。他不想再呆立瞪視，於是戴上老花眼鏡，檢視牆上的畫。他瀏覽架子上的書名，大部分都是詩集。他很想再讀讀他舊日的嗜愛——莎士比亞和狄更斯的作品——他也希望什麼時候有時間轉進去國家畫廊看看，但他不行——不行，他辦不到。真的辦不到——不可能在這種情況的世界中。別人整天要你幫忙，吵嚷要求幫忙，在這種情形下是辦不到的。這不是個講求奢侈的年代。他看看房間裡的扶手椅，裁紙刀，裝訂精美的書本，然後搖搖頭，知道自己永遠不會有時間，也很高興想到，自己永遠不會有心情，去享受這類奢侈。房間裡那些人，要是他們知道他買的菸草是什麼價錢，他穿的衣服是如何借來的，一定會嚇一大跳。他唯一的浪費是他那艘泊在諾福克湖沼上的小遊艇。這個浪費，他是允許自己的。他的確喜歡每年一次，逃離所有的人，躺到田野上去。他心想，他們該會嚇多大一跳——這群高貴的人兒——要是他們知道，他從他那老土的稱之為對大自然的愛好當中，例如，他打從小男孩時代即熟識的樹木、田野當中，獲取了多大的樂趣。

這些高貴的人士是會嚇一大跳。真的，他站在那兒，一邊把眼鏡放回口袋中，一邊覺得自己變得每一分每一秒越來越嚇人。那是一種很不舒服的感覺。他並不覺得——他愛人類，他買的菸草一盎司只要五分錢，他愛大自然等等這些事情，想到這些事情——是很自然的，很平靜的。現在這些樂趣都演變成一種抗議。他覺得，這些他看不起的人害得他站在那兒發表想法，為自己辯護。「我是個普通人，」他不斷地說。而下一句實在難為情，說不出口，但他還是說了。「我一天替我的同類所做的，比你們一輩子所做的要多。」的確，他按捺不住；他禁不住一幕又一幕地回想，例如布魯諾夫婦送鐘給他的情況——他不斷地告訴自己人們對他說過的好話，說他如何仁慈，如何慷慨，如何幫助他們。他不斷地見到自己是個明智而又寬容的慈愛之僕。而他但願能夠大聲復述這些讚詞。他的善行之感在體內沸騰，那種感覺並不舒適，而他又不能告訴任何人有關人們對他所說的，那就更加叫他不舒服。謝天謝地，他不斷地說，我明天就可以回去工作了；然而，光是偷偷地溜出門，回家去，並不足夠。他必須留下來，必須留下來直到證明了自己。但怎麼可能？那一整間房間，滿滿的人，沒有一個是他認識而可以交談的。

最後，理察・德勒威走上前來。

「我來給你介紹歐姬芙小姐，」他說。歐姬芙小姐直視他雙眼。她三十多歲，舉止有點高傲，粗魯。

歐姬芙小姐想吃個冰淇淋還是喝點什麼的。她叫皮瑞克・伊利斯去拿給她，他覺得她口氣傲慢，沒有道理。她之所以如此是因為就在那個炎熱的下午，她看到一個女人帶著兩個小孩，樣子十分貧困，十分疲倦，緊靠著方區的籬笆向裡張望。不能讓他們進來嗎？她心想，憐憫之心洶湧，義憤沸騰。不行，她馬上自我叱責，很粗魯地，儼然打了自己一記耳光。動用全世界的軍力也不行。於是，她撿起了地上的網球，猛拍回去。動用全世界的軍力也不行，她怒氣沖沖地說，這就是為什麼她會對一個不認識的人，那麼不客氣地下命令：「給我一杯冰淇淋。」

早在她吃完冰淇淋之前，皮瑞克．伊利斯站在她身邊，手上什麼東西都沒拿，就告訴了她他已十五年沒參加過派對；告訴了她他的衣服是向他妹夫借的；告訴了她他不喜歡這類活動，而假如他能繼續告訴她他是個平凡的人，碰巧十分喜歡普通老百姓，之後再告訴她（事後會感到臉紅）有關布魯諾夫婦和鐘的事情，那他心情就會更加舒坦，但她說，「你看過《暴風雨》沒有？」那（他沒看過《暴風雨》）他讀過什麼書沒有？還是沒有，那，她放下冰淇淋，他從沒唸過詩嗎？

皮瑞克．伊利斯覺得體內有股東西上湧，那會斬斷這位年輕女士的頭首，謀害她，屠殺她。他叫她坐下，坐在那兒不會受到別人干擾，坐在花園裡，坐在兩張椅子上，因為其他的人都在樓上，只有你才聽得見嗡嗡聲，營營聲，喋喋聲，玎玎聲，像個什麼鬼魅樂團的瘋狂伴奏，正對著一、兩隻溜過草地的貓在演奏，還有樹葉的搖擺聲，黃紅色的果實像個中國燈籠，搖過來晃過去的——這番話像首狂亂的骷髏舞曲，為一些十分真實，但充滿痛苦的東西所譜的曲子。

「好美！」歐姬芙小姐說。

哦，這塊草皮，是很美，西敏寺的高塔，高高聳立空中，把它圍成黑黑的一圈。經過客廳的經歷之後，這兒是很美；經過那番吵雜之後，這兒是很寂靜。畢竟，他們還有了那個——那疲倦的婦人和小孩。

皮瑞克・伊利斯點燃煙斗。那會嚇她一跳；他裝上粗煙絲——五分半一盎司的煙絲，他在想，他可真想躺在他的船上抽煙，他可以想像自己，獨自一人，在夜晚的星空下，抽煙。今天晚上他不停地想，要是這些人看到了他那副樣子，不知他會有何反應。他對歐姬芙小姐說，一邊在鞋跟上劃了根火柴，說他看不出來這兒外面有什麼特別美麗之處。

「或許，」歐姬芙小姐說，「你並不喜愛美。」（他跟她說過他沒看過《暴風雨》，沒唸過一本書；他蓬亂邋遢，一下巴的鬍子，還有，錶帶是銀製的。）她認為誰都不必為那花一分錢；博物館，國家畫廊都是免費的，還有，鄉間野地也是。當然，她知道人家會說什麼——洗衣啦，燒飯啦，孩子啦，但歸根究柢，大家都不敢說出口的是，快樂是便宜得要命。你什麼都不花就可以擁有美。

而皮瑞克・伊利斯讓她擁有了美——這位蒼白，粗魯，自大的女人。他告訴她，一邊口中噗噗抽他的粗煙絲，他那天做了些什麼。六點鐘起床，接見委託人；經過一個污穢的貧民區，聞到了臭水溝的味道；然後出庭。

說到這兒，他猶豫了，真想告訴她一些他自己的所做所為。然而他忍住了，卻變得更加刻薄。他說聽到吃得好穿得好的女人。（她嘴唇抽搐，因為她人長得瘦，衣服穿得也不夠水準）談論美，叫他噁心。

「美！」他說。偏離人類的美，他說他恐怕自己並不懂。於是，他們瞪視空盪盪的花園，燈光搖晃有隻貓舉起了一隻腳，站在園子中央，猶豫不前。

偏離人類的美？那是什麼意思？她突然問他。

這嘛，這個：他越來越興奮，他告訴她有關布魯諾夫婦和那個鐘的故事，且不隱藏自己的得意。那很美，他說。

聽到他講的故事，她心中的恐怖感無言可喻。首先是他的狂妄自大，其次是他談論別人的不恰當做法。那是種褻瀆行為；世界上任誰都不能藉故事來證明他熱愛同胞。然而他說了——說那老先生如何站起來，向他說了番感謝的話——淚水湧入她眼眶；啊，要是從前有人膽敢向她這麼說！然而她又覺得，也就是這一點，把人性給永遠判了刑；他們永遠無法超越送鐘的動人場面；布魯諾夫婦向皮瑞克・伊利斯致感謝詞；而伊利斯之流的會念念不忘他們是如何地熱愛同類。他們永遠都是懶懶散散，凡事和解了事，害怕美的事物。於是，從懶惰與害怕，以及這種愛戀動人場面的情況中，可躍出劇烈的改革。然而這個人，依舊從他的布魯諾夫婦身上獲得快樂。而她，因那被摒棄於方區之外非常非常貧困的婦女們，而被判永遠永遠痛苦。於是，他們靜默地坐著。兩人都非常的不快樂。皮瑞克．伊利斯並沒因為自己所說的而得到任何慰藉。他非但沒幫她把刺拔出，反而把它揉得更深。他那天早上的快樂全給毀了。歐姬芙小姐心中一片混沌，惱怒不已；她腦中非但不清晰，且混濁不清。

「恐怕我只是個非常普通的人，」他說，接著，站起身來，「喜愛自己同類的人。」

歐姬芙小姐聽了，幾乎高聲嚷叫：「我也是。」

這兩位喜愛自己同類的人，相互討厭對方，討厭那一屋子給了他們這麼一個痛苦、夢破的夜晚的人，他們站起來，一句話都沒有，永遠分了手。

探照燈

那座本是十八世紀伯爵宅邸的豪廈，已在二十世紀變成了一所俱樂部。他們在大廳用完晚餐，在處身條條的柱子，盞盞的吊燈和閃閃的金光之後，到陽台上去坐坐，面對公園景色，倒是感到十分怡人。樹木枝葉茂密，要是月兒高掛，當可看見板栗樹上奶紅色的叢叢花束。然而那是個無月的夜晚，經過夏日陽光高照之後，天氣十分的暖和。

艾維梅先生和夫人的客人正在陽台上喝咖啡，抽煙。天空上一束束的燈光旋轉而過，彷似有意免除他們談話的辛苦，可以不費力氣即有現成的招待節目。那是和平時期，空軍只是演習而已，在空中搜尋敵機。探照燈光在某個可疑地點停留片刻之後，又繼續旋轉，像水車的車翼，又或像什麼巨無霸的昆蟲觸鬚，揭露這兒一條蒼白的漫步道，那兒一棵滿樹花朵的板栗樹，之後，探照燈突然直射露台，瞬息之間，有個耀眼的圓圈閃閃發亮——或許是哪位女士手提包裡的鏡子吧。

「看！」艾維梅夫人叫道。

燈光掃過。他們又陷入黑暗之中。

「你們絕對猜不到**那**讓我看到了什麼！」她加了一句。大家自然是一個個的猜。

「不是，不是，不是，」她否認。沒人猜得到。只有她自己知道；只有她才知道，因為她就是那個人的曾孫女兒。他親口告訴了她那個故事。什麼故事？他們想聽的話，她可以講一下。去看戲之前還有點時間嘛。

「可是我該從哪兒說起呢？」她想了想。「一八二〇年？……我曾祖父在那個時候該是個年輕男孩。我自己也不年輕了。」——是不年輕，但她體格硬朗，且蠻俊俏的——「而在我小時候——在他告訴我那個故事的時候，他已年紀非常的大。是個很英俊的老人，濃密的白髮，藍眼。年輕時候想必非常的漂亮。可是很奇怪……其實那也很自然，」她向他們解釋，「只要看看他們的生活環境就知道。他們姓康柏，是個沒落家庭，本是名門世家，在約克郡擁有田地。但在他小時候什麼都沒了，就只剩一座塔。他們的房子不過是間小農舍，坐落在農田的正中間。十年前我們去了一次，得半路下車走過去，根本沒有車道。農舍孤零零的，雜草漫生，長到了大門口……有幾隻雞在啄食，在房子裡跑進跑出。屋子毀壞不堪。我記得突然間還有塊石頭從塔上掉落下來。」她頓了頓。「他們就住在那兒，」她又說，「老先生，女人，和年輕男孩。她不是他太太，也不是男孩子的母親，只是個農場幫手，還是個年輕的女孩子，在他太太去世後，他把她找來和他同住。那或許也是為什麼沒人前去探望他們的一個原因——為什麼屋子會毀壞不堪的原因。不過我看到門上掛了個盾徽，還有許多書，舊書，全長了霉。他的一切都是從書本上學來的。他一讀再讀，是他告訴我的，那些舊書，那些書頁上夾著地圖的書。他把書都拖拉上了塔頂——那繩子仍在，還有斷裂的樓梯。對著窗子仍有張椅子，座底已掉了，窗子搖搖晃晃地開著，玻璃已破，而窗外只見一哩又一哩的荒野景象。」

她頓了頓，宛然是自己上了塔頂，從晃開的窗子外望。

「可是我們找不到，」她說，「那只望遠鏡。」在他們身後，飯廳傳來的碟碗碰撞聲越來越大。然而艾維梅夫人，她坐在露台上，似乎十分困惑，因為她找不到望遠鏡。

「為什麼要望遠鏡？」有人問她。

「為什麼？因為要不是有只望遠鏡，」她笑著說，「我現在就不可能坐在這兒了。」而她現在確實是坐在這兒，一位體格硬朗的中年女人，肩膀上披著塊藍色的東西。

「一定是有的，」她繼續說，「因為，他告訴我，每天晚上在兩位老人家上床之後，他就對窗而坐，透過望遠鏡觀望星星。木星，金牛座，仙后座。」她揮手指著剛從樹梢上露臉的星兒。天空更加黑暗，而探照燈愈顯明亮，它從空中掃過，在這兒停停，那兒停停，瞪視星星。

「他們就在那兒，」她繼續說，「我是說星星。而他問自己——我曾祖父——那個男孩子：『他們是什麼？怎麼存在的？我又是誰？』就像一般人那樣，他一人獨坐，沒人可聊，看著星星，只好自問。」

她不再言語。大家看著從黑暗中冒出樹梢的星星。星星看來十分永恒，十分持久。倫敦市的喧囂沈潛下去了。一百年算什麼。他們都覺得那男孩在和他們一道看星星。他們彷似與他在一塊兒，在高塔裡，向外眺望，越過荒野仰望星星。

突然他們身後有人說：

「沒錯。是星期五。」

大家都回過頭，轉了身，彷似從塔上被人扔下來回到了露台上。

「啊，可是沒人告訴他那個。」她嘀咕地說。那一對已站起身來，走了。

「他是孤零零一人，」她繼續說。「那是個晴朗的夏日，六月天，理想的夏日，在熱氣下，一切宛然靜止不動。雞群在院子裡啄食，老馬在馬廄裡跺腳，老先生喝了酒在打盹，婦人在洗滌室刷洗桶子。或許是有塊石頭從塔上掉下。日子彷彿無止無休。而他沒有一個人可談天──沒有一件事可做。整個世界彷若在他面前攤開。荒野起起伏伏，天空與荒野相交，一片綠一片藍，一片綠一片藍，無窮無際。」

在朦朧夜色中，他們看見艾維梅夫人上身倚著露台，雙手托著下巴，儼然是從塔頂向外眺望荒野。

「除了荒野和天空，還是荒野和天空，無窮無盡。」她喃喃地說。

然後她做了個動作，彷彿是把什麼東西擺正了位置。

「從望遠鏡看出去，大地是個什麼樣子？」她問。

她的手指又做了個小動作，好像在旋轉什麼東西。

「他對準焦點，」她說。「他對著大地校對焦點。他對著地平線上一大塊黑漆漆的樹林校對焦點。他對準了焦點，看見……每一棵樹……每一棵分開的樹……還有鳥……跳上跳下……一縷白煙……那兒……在樹林中……然後……向下……向下……（她垂下眼睛）……有個房子……樹林中的一間房子……一間農舍……每一塊磚都看得見……門的兩邊各有一個桶子……裡面插著花，藍的，粉紅的，繡球花，或許是……」她頓了頓……「然後有個女孩子從屋子裡出來……頭上包了塊藍色什麼的……站在那兒……餵鳥……鴿子……鴿子拍著翅膀圍著她……然後……看……一個男人……一個男人！他從轉角處過來。他把她摟在懷裡！他們接吻……他們接吻。」

艾維梅夫人張開了手臂，又合攏起來，彷彿在擁吻什麼人。

「那是他平生第一次看見男人擁吻女人——在望遠鏡裡——在荒野數哩數哩之外！」

她推開了什麼東西——想該是望遠鏡。她坐直了身體。

「他於是跑下樓，跑過田野。他跑下小路，上了公路，穿過樹林。他跑了一哩又一哩，就在星星出現在樹梢上時，他抵達那所房子……灰頭土臉的，滿身大汗……」

她不說話，宛如她見到了他。

「之後呢，之後呢……他做些什麼？他說些什麼？那女孩子呢……」他們催她講。

有道亮光落在艾維梅夫人身上，彷彿有人向她對準了望遠鏡的鏡頭。（那是空軍，他們在找敵機。）她站起了身，頭上戴著什麼藍色的東西。她舉起了手，宛若站在門口，一臉驚愕。

「哦，那女孩……她是我——」她猶豫不決，彷彿是要說「我自己」。但她想起來了，更正了自己。「她是我曾祖母。」她說。

她轉身找她的披肩。它就在她身後椅子上。

「可是——那另一個人呢，那從轉角過來的人呢？」他們問她。

「那個人？哦，那個人，」艾維梅夫人低聲地說，一邊彎身摸索她的披肩（探照燈光已離開了露台），「他啊，我想，消失了。」

「探照燈光，」她補充地說，一邊收拾了身邊的東西，「只是這兒那兒地隨處照照。」

探照燈往前移，這下對準了白金漢宮平坦寬闊的大地。而時間也到了，他們該去看戲了。

遺產

「給西西．米勒。」吉伯特．克蘭登從他太太會客廳一張小桌上放著的一大堆雜七雜八的戒指、胸針當中，拿起一支珍珠胸針，唸著上面的題字：「給西西．米勒，安琪拉謹贈。」

安琪拉就是這樣，連她的祕書，西西．米勒，她都不會遺漏。然而這可奇怪，吉伯特．克蘭登心中又一次想到，她竟把事情安排得如此周到。每一個朋友她都留下了一點小小的紀念品。每一只戒指，每一條項鍊，每一個中式小盒──她喜愛小盒子──上面都寫上了受贈者的名字。而那些東西，每一樣他都有些許記憶。這一個，是他送她的；這一個──鑲著紅寶石眼睛的琺瑯海豚──是有一天她在威尼斯一條後巷裡獵到的。他還記得當時她高興的輕叫聲。至於他，她自然是沒有特別留下什麼東西，除非是指她的日記本。那共有十五小本，一律綠色的皮革封面，現就排列在他身後她的寫字檯上。她從他們結婚那天開始就寫日記。他們之間一些些少許鬥嘴，說不上是爭吵，都是和那日記有關的。他進入房間時，要是看到她在寫日記，她總是馬上闔起日記本，把手放在上面。「不要，不要，不要，」他此刻還聽得見她那麼說，「在我死後吧──或許。」因此，她把那留給了他，算是她的遺產。那是她生前唯一沒有和他分享的東西。而他一向總認為她必定活得比他久。只要她稍稍停一停，想一想她在做什麼，那她現在就該安然無恙，但她卻一腳衝下路緣，那開車的人在死因審訊庭是這麼說的。她根本沒讓他有機會煞車……走廊傳來了聲音，打斷他的思路。

「老爺，米勒小姐到了。」女僕說。

她走進來。他從來沒有單獨一人見過她，更沒見過她淚水汪汪的模樣。毫無疑問，她是傷心欲絕。安琪拉對她來說，不僅僅是個僱主而已，還是個朋友。至於對他本人來說，他心想，一面推張椅子叫她坐下，她和其他她那一類的人實在沒有什麼分別。像西西．米勒這類的人——身穿黑衣，手提公文箱的邋遢小女人，成千上萬。然而安琪拉，她天生富有同情心，在西西．米勒身上發覺了各式各樣的品質。她是個謹言慎行的人，總是那麼的沈默，那麼的可靠，什麼事都可告訴她，等等。

「克蘭登先生，請見諒。」她說。

他喃喃說了些什麼。他當然可以理解。那很自然。他猜也猜得到他太太對她的意義。

「我在這兒工作時是過得那麼的快樂，」她說，眼睛四周打量，然後，視線停在他身後的寫字檯。她們是在這兒工作的——她和安琪拉。安琪拉盡了名政客夫人所應盡的責任。在他的政治生涯中，她幫了極大的忙。他常看見她和西西坐在那張桌子前——西西在打字機前，打下她口述的信件。顯然米勒小姐也正想到了這個。他現在所需要做的，就是把她太太留給她的胸針給了她。這個禮物倒不是那麼的合宜，她大可留給她一筆錢，甚至那個打字機。然而她卻留下——「給西西．米勒，安琪拉謹贈。」於是，他拿起胸針，給了她，還講了幾句他事先準備好的話。他知道，他說，她會珍惜它。他太太常常戴……而她在她收取時，似乎也是事先準備好了幾句話，她說她會永遠視為寶物……他心想，她該有其他的衣服可配這珍珠胸針吧，才不至顯得太不搭調。她當時穿的是黑色小外套，黑色裙子，似乎是她那一行人穿的制服。但他隨即想起——她是在服喪。她家也發生了不幸——她一位兄長，她十分鍾愛的兄長，早安琪拉一、兩個星期才剛剛去世。是什麼車禍吧？他記不起來了——安琪拉跟他講過。安琪拉，天生富有同情，難過得不得了。此時，西西・米勒站起身來。她戴上手套。她顯然覺得自己不該闖入。但他不能不問問她的出路就讓她離去。她有什麼打算？有什麼他幫得上忙的嗎？

她瞪視那張寫字檯，她坐著打字的地方，上面擺著日記本的地方。她沈迷在對安琪拉的回憶之中，沒有即刻回答有關他想幫她忙的建議。她似乎片刻之間會不過意來。於是他又問了一次：

「米勒小姐，妳有什麼打算？」

「打算？哦，克蘭登先生，沒關係的，」她大聲說道。「請別費心。」

他把她的話當成是她不需要錢財上的援助。他明白，事後寫信提出這類的建議會好些。他緊握著她的手道別時，唯一能做的只是說，「米勒小姐，請不要忘記，要是有什麼我能夠效勞之處，我將十分樂意……」說完，他打開了門。在門檻上她站了一下下，彷彿突然想起了什麼，於是停住腳步。

「克蘭登先生，」她說，首次直視著他，而他也首次為她眼中的表情，那富同情卻銳利的眼光感到震撼。「任何時候，」她繼續說，「如有我可效勞之處，請記住，為了您夫人的緣故，我將樂意……」

說完，她走了。她的話，以及說話的表情是他所沒料到的。她幾乎相信，或希望，他會需要她。在他走回自己的椅子時，心中產生了一股奇怪，或者說離譜的念頭。可不可能在這些年，在他幾乎完全不留意她的時候，如小說家所說的，她對他動了情？他走過鏡子時，看到了自己的身影。他五十多歲了，但仍禁不住認為，就如鏡子所顯，自己仍是個樣子十分出眾的人。

「可憐的西西．米勒！」他說，半露笑容。他多想和他太太分享這個笑話！他本能地轉身對著她的日記。「吉伯特，」隨便翻開一頁，他唸道，「樣子真帥……」她彷彿在回答他的問題。她似乎在說，你當然是很吸引女人。西西．米勒當然也有同感。他繼續唸下去。「身為他太太，我好自豪！」而身為她丈夫，他也常感到非常的自豪。在他們外出用餐時，他常常望著坐在對面的她，心中想，「她是這兒全場最漂亮的女人！」他繼續唸下去。那是他第一次競選國會議員，他們在他的選區拉票的事。「吉伯特講完演講坐下時，掌聲歡天。觀眾都站起來，高唱，『他是個超好的人。』我好感動。」他也記得那個場面。她當時在講台上坐在他旁邊。他仍記得她向他投去的一瞥，眼中淚水盈眶。之後呢？他往下翻。他們去了威尼斯。他記得那個選後的快樂假期。「我們在福樂安吃冰淇淋。」他笑了——她仍像個小孩子，喜歡吃冰淇淋。「吉伯特給我講述威尼斯的歷史，非常的有趣。他告訴我歷任總督……」她全都寫了下來，字體工整得像小女生。和安琪拉旅遊的樂趣之一是，她是那麼的熱中新知。她實在太無知了，她總是那麼說，彷彿那是她的不迷人之處。之後，他打開第二冊——他們已回到了倫敦。「我好希望給人良好的印象。我穿了我的結婚禮服。」他看到了她坐在愛德華老爵士的旁邊的景象。她征服了那令人畏懼的老頭子——他的上司。他快速地翻閱下去，在她的隻言片字之間填補一場一場的景象。「於下議院用餐……往羅維各家參加晚宴。身為吉伯特的太太，L夫人問我，我知不知道身負的責任？」之後，年復一年——他從寫字檯上又拿了一冊——他變得越來越投入工作。而她，當然是越常待在家裡……他們沒生孩子，對她，顯然是極大的哀傷。「我多希望，」其中有一段寫著，「吉伯特有個兒子！」說來奇怪，他倒是從來沒感到遺憾。生活已是如此的充實，如此的豐富。那一年，他在政府部門獲得了個小職位。那不過是個小職位而已，但她的評語是：「我很肯定他有一天會成為首相！」這嘛，要是情勢的發展不同的話，那本也有可能。他停下想了想，情勢可能怎麼樣呢。政治本是場賭，他心想，而遊戲還沒結束呢，不會五十歲就結束的。他再飛快瀏覽了幾頁，都是些瑣碎小事，不重要的日常快樂瑣碎小事，她的生活內容。

他另外拿起一本，隨意翻開。「我的膽小！我又讓機會溜走了。但他有那麼多的事情要想，為了我自己的事情去煩他，未免自私。而我們晚上又很少單獨相處。」那是什麼意思？哦，有了，這兒是解釋——那指的是她到東倫敦貧困區工作的事。「我最後終於鼓起了勇氣和吉伯特談。他真仁慈，真好。他不反對。」他記得那次的談話。她告訴他，她覺得自己好懶散，好無用。她希望有點自己的工作。她想做點事情——她就坐在那張椅子上，說話時，他記得，臉紅得好漂亮——去幫助別人。他揶揄了她一下。照顧他，照顧家還不夠她忙嗎？然而，如果她高興的話，他當然是不反對。是什麼工作？在某一區？是個委員會？但她得答應別忙壞了身體。於是，她每個星期三到白色禮拜堂區去。他仍記得，他好討厭她去那兒時所穿的衣服，但她似乎是做得非常的認真。日記上充滿著這類的記事：「見強生太太。她有十個子女……丈夫在意外事件中失去手臂……盡我所能為莉莉找尋工作。」他跳著看下去。他的名字不常出現。他的興趣減低。有些段落他看得一頭霧水。例如：「和B. M.劇烈爭辯社會主義。」B. M.是誰？他無法破解那縮寫字母，可能是她在哪個委員會碰見的什麼女人吧，他猜想。「B. M.猛烈抨擊上流社會……開完會我和B. M.一道走回來，我想說服他，但他氣度窄小。」原來B. M.是個男人——想必是個「知識分子」，就如他們這類人所自封的。他們非常暴戾，同時也如安琪拉所說的，氣度非常窄小。她顯然是邀了他前來看她。「B.M.前來晚餐，他還和米妮握手！」那個驚嘆號，把他心中的圖像又做了番扭轉。B.M.看來是不太習慣於女僕；他和米妮握手。他想必是個窩囊的工人，只敢在女士的會客室裡大放厥辭。吉伯特熟知這種人，對此特殊類別的人，他反正並無好感，管他B.M.是誰。但他又出現了。「和B.M.去倫敦塔……他說革命必會出現……他說我們活在愚人的天堂裡。」那正是B.M.所會說的話──吉伯特聽得見他的聲音。他還可以清晰地看見他的模樣──矮矮胖胖的，一臉鬍鬚，打著紅領帶，穿著他們慣常穿的粗呢上衣，平生沒有一天正正經經地幹過工作。安琪拉總該夠理智看穿他吧？他繼續往下看。「B.M.說了些很難聽的話，有關──。」後面的名字很小心的給劃掉。「我告訴他我不要再聽他辱罵──。」名字也是給塗掉了。那可能是他的名字嗎？是不是因為這個，安琪拉才會一看見他進來，就趕忙蓋上日記本？想到這個，他更加不喜歡B.M.。他竟然就在這個房間裡粗野無禮地談論他。安琪拉為什麼從未告訴過他？她不像是會隱瞞什麼事情的；她一直是個十分率直的人。他一頁一頁地翻，挑出每一個提及B.M.的地方。「B.M.告訴我有關他童年的故事。他母親外出打零工……想到這個，我幾乎不忍再這麼奢侈地過日子……一頂帽子三基尼！」但願她和他討論這件事，而不是搞得一個可憐的小腦袋迷惑不清，這些問題太困難了，她搞不清楚的！他還借了書給她。《卡爾．馬克斯，革命的來臨》。B.M.，B.M.，B.M.，這兩個縮寫字母一而再，再而三的出現。為什麼從不寫全名呢？使用縮寫字母，有種不拘禮，親密的味道，那很不像安琪拉的行事風格。她當面叫他B.M.的嗎？他繼續看下去。「B.M.晚餐後不期來訪，所幸我一人在家。」那才是一年前的事。「所幸」——為什麼「所幸」？——「我一人在家。」那天晚上他在哪兒？他查了查他的記事本。那天晚上是市府官邸晚宴。而安琪拉和B.M.單獨度過一個夜晚！他努力回想那個夜晚。她有沒有等他回來才上床？房間看來是不是和平常一樣？桌上有沒有玻璃酒杯？椅子是不是拉得很靠近？他什麼都記不得——什麼都記不得，只記得自己在市府官邸晚宴上的講辭。事情變得越來越不可思議——整個情勢：她太太單獨接見陌生人這件事。或許下一冊會有解釋。他匆忙取下最後一本——她太太去世時仍未完成的那一本。看，就在第一頁，就又是那該死的傢伙。「與B.M.單獨吃飯……他變得十分的狂躁不安。他說我們該彼此了解……我設法讓他聽我解釋，但他不聽。他威脅說如果我不……」剩下的部分，整頁都是些符號。她寫了滿滿一頁的「埃及。埃及。埃及。」他一個字都看不懂，但那只有一個解釋：那無賴要她做他的情婦。兩人單獨在他房間裡！血液衝上吉伯特．克蘭登的臉上。他飛快地翻閱。她的答案是什麼？她不再使用縮寫字母，只是直稱「他」。「他又來了。我告訴他我無法做決定……我懇求他離開我。」他就在這個房子裡強迫她接受他。她為什麼不告訴他？她怎麼需要有什麼猶疑呢？之後：「我寫了封信給他。」之後是好幾頁的空白。之後是：「沒有回信。」之後又是幾頁的空白，之後是：「他做了他所威脅要做的。」那個之後——那個之後是什麼？他一頁一頁的翻，全部空白。但看，就在她死前的那一天，寫的是這個：「我也有勇氣那麼做嗎？」那是結尾。

吉伯特．克蘭登放開手，讓日記本滑落到地板上。他看得見她就站在他前面。她就站在皮卡迪利街道的路緣上。她眼睛向前瞪視，拳頭緊握。有部車子開來……

他受不了。他要知道真相。他踱到電話前。

「米勒小姐！」沒人回答。然後他聽到房間有人走動的聲音。

「我是西西．米勒。」——她的聲音終於回答了他。

「誰是，」他吼道，「B.M.？」

他聽得見她壁爐架上便宜的時鐘的滴答聲，然後是一聲長嘆。然後她終於開口說：

「他是我哥哥。」

他是她哥哥。她自殺的哥哥。

「有沒有，」他聽見西西．米勒在問，「什麼要我解釋的事情？」

「沒有，」他嚷道，「沒有！」

他收到了她的遺產。她告訴了他真相。她衝下路緣去和她的愛人會合。她衝下路緣逃避他。

聚與散

達勒威太太介紹了他們，她說妳會喜歡他的。兩人於是開始談話，但要等好幾分鐘之後，他們才真正說了些有意義的話。當時，西爾先生和安寧小姐兩人都仰望天空，天空不斷往他們腦海中傾倒意義，傾倒不同的意義。後來，安寧小姐清楚意識到西爾先生就站在身邊，她不能再光是看著天空本身，而不理會那位支撐著天空，身材高大，黑眼黑髮的人。他雙手緊握，臉部表情嚴肅且憂鬱（但有人告訴她那是「假憂鬱」），他名叫羅德瑞・西爾。明知愚蠢，但她還是覺得非說不可：

「好漂亮的夜晚！」

愚蠢！愚蠢透頂！但人屆四十，面對天空，誰能不愚蠢呢。天空使最聰明的人也愚蠢──人不過綹綹麥稭罷了──她和西爾先生，站在達勒威太太的窗前，不過是微粒，是微塵；他們的生命，在月光眼裡，也如蟲蟻般短暫，並不比之更加重要。

「來吧！」安寧小姐說，手重重地拍打沙發上的墊子。他於是在她旁邊坐下。他是否如他們所說的「假憂鬱」？在天空下，一切似乎都顯得有點無關緊要──他們所說的，所做的──她受到了這個想法所驅使，於是又說了句普普通通的話。

「我小時候去過坎特伯里，那兒有位姓西爾的小姐。」

西爾先生心中想的依舊是天空，於是他祖先的墓地頃刻之間在浪漫的藍光中出現在他眼前。他眼睛鼓起，顏色加深，說道，「對。」

「我們原為諾曼人，跟隨征服者諾曼第公爵南來。我們祖先有位叫理察・西爾，他埋在坎特伯里大教堂裡，是位嘉德勳爵士。」

安寧小姐覺得，她無意之中碰觸到了這位由那虛假的人所建構的真實的人。在月光的影響之下（她認為月亮象徵人。透過窗簾的縫隙她看到了月亮，並浸沐其中），她幾乎什麼都說得出口。於是，她決定挖掘這位埋藏在虛假之下的真人，並向自己說，「說吧，史丹利，說吧——」那是她的鞭策語，就像中世紀的人用來鞭打什麼積習難改的罪惡的祕密刺馬釘，還是鞭子之類的。她的惡習是膽小得淒慘，或者該說懶得嚇人，因為與其說她欠缺勇氣，倒不如說她欠缺力氣，尤其是和男士聊天時。他們叫她害怕，她常常辭窮，總是說些陳腐無趣的話，而她很少男性朋友——很少親密的朋友，她心想，但，說真的，她真想要嗎？不想。她已有了莎拉，亞瑟，小木屋，雄獅狗，當然囉，還有**那個**。她一面想，一面浸沐且沈浸在**那個**當中，即使當時人就坐在西爾先生身旁沙發上。在這一方面來說，她深切理解到一些具體的東西，一堆的奇蹟，相信任誰也不會有的（天底下只有她一個人才有亞瑟，莎拉，小木屋和雄獅狗）。她再度沈浸在深度的滿足之感當中，一半由於這個，一半由於月亮（也就是音樂），她大可以離開這個人，不理會他對他那西爾先人們的自豪感。不行！那很危險——她不能沈潛於蟄伏狀態之中——在她這個年紀，是不可以的。「說吧，史丹利，說吧，」她對自己這麼說，然後問道：

「你熟悉坎特伯里這個城市嗎？」

他熟悉坎特伯里嗎！西爾先生笑了，心想，這個問題問得多荒謬——這位沈靜嫻淑的女士，她會彈奏什麼樂器的，人似乎很聰慧，長得一對明眸美眼，戴著一串極美好的古老項鍊——她可不知道她那個問題包含了什麼意義。竟然有人問他熟不熟悉坎特伯里。他生命中最美的歲月，他的一切回憶，一切事情，他無法開口向人吐露的事情，他都嘗試書寫下來的——啊，嘗試書寫（他嘆了口氣），那一切都是以坎特伯里為中心。想到這兒，他笑了。

他的一嘆，一笑，他的憂鬱，幽默，讓人喜歡他，他也知道這一點，然而單是讓人喜歡並不足以彌補他的失望。而假如他去榨取人們對他的喜愛（探訪心富同情的女士，坐得久久，久久，久久的），那也是半帶痛苦的，因為當他年輕時代住在坎特伯里時，他所能做的，所想做的，就連十分之一都沒做到。如今，面對個陌生人，他重新點燃了希望，他們不能說他沒兌現他的承諾，而人家為他的魅力所折服，也可給他一個嶄新的開始——在五十歲哩！她碰觸到了彈簧。田野，花朵，灰黑的建築，滴入他的腦袋中，在他蕭瑟，陰暗的腦壁上形成了銀色的珠滴，往下滴。他寫的詩通常以此類的意象開始。他如今身旁坐著這位嫻靜的女士，他有了創作意象的慾念。

「是的，我熟悉坎特伯里，」他說，帶著追憶，傷感的口吻，安寧小姐覺得，他語氣中也帶著邀請的口氣，歡迎審慎的問題。就是這一點，他讓那麼多的人喜歡他，也就是這一特殊的本領，以及反應敏銳的對答，使他沒做到許多他該做，想做的。因此，在這類的派對之後（在宴客的季節，他幾乎每晚都出去），他取下領子，袖釦，拿出鑰匙，銅板，放在化妝台上。早上下樓早餐時，他完全變成了另一個人，變得脾氣乖戾，對他太太極不和氣。他太太病弱，從不出門，但常有故友來訪，大多是女性朋友，她們喜愛印度哲理，另類醫療，醫術。羅德瑞．西爾對此則嗤之以鼻，總說些刻薄的字眼，但他太狡猾了，她總是無言以對，只有溫柔地諄諄告誡，或流下一、兩滴的眼淚。他常想，他是個失敗的人。他由於不能完全斷絕社交生活，又離不開女伴（那是他的生活必備條件）而專心於寫作。他涉世太深——此時，他雙腿交疊（他的動作都有點不合習俗，與眾不同），這不怪他，要怪就怪他天性多采多姿，他樂於將之與詩人華滋華斯相比，而他，雙手撐頭，心想，既然對別人付出了那麼多，想來他們也應相助以報，而這是談話的前奏，叫人戰慄，叫人著迷，興奮。意象在他心中噗噗湧現。

「她像棵果樹——像棵盛開的櫻桃樹，」他看著一位白髮秀麗，年紀不算太大的女士，說道。那是個很好的意象，露絲．安寧心想——相當不錯，然而她卻無法確定自己是否喜歡這個出眾，憂鬱的男人，是否喜歡他的姿勢；那實在很奇怪，她又想，人的感情那麼受別人所影響。她不喜歡他，但還蠻喜歡他把女人當作櫻桃樹的比喻。她身上的纖維素東飄飄，西飄飄的，像海葵的觸毛，震一下，翹一下的，而她的思維，在千里之外，冷靜而遙遠，高高在空中接收訊息，及時加以整理總結。因此，當人們談及羅德瑞・西爾時（他是號人物），她可以毫不猶豫地說，「我喜歡他，」或是「我不喜歡他，」永不改變。這是個古怪的想法，嚴肅的想法，闡明了人間情誼的種種因素。

「奇怪妳竟會認識坎特伯里這個地方，」西爾先生說。「當你碰見某一個人，」他又說（白頭髮的女士已走過去），「偶然碰見的，而那人碰觸到了一些對你有極大關係的東西的邊緣，無意中碰觸到，那總是很叫人震驚。相信坎特伯里對妳來說，不過是個美好的古鎮罷了。妳是說妳跟個阿姨在那兒待了個夏天？」（露絲・安寧本來就是想告訴他這麼多而已。）「而妳去看了些景點，然後離去，之後再也沒想過那個地方。」

就讓他那麼想吧。自己既然不喜歡他，她希望他就對她抱持著荒誕的看法而離去。其實，她在坎特伯里那三個月的期間過得可真美妙。雖然那不過是一次偶然的探訪，去看她阿姨的一位朋友，夏綠蒂・西爾小姐而已，但一切細節，她記得清清楚楚。即使是現在，她仍背得出西爾小姐有關打雷的一字一語。「我每次夜晚醒過來，聽見打雷聲，就想，『有人給殺了。』」她那長毛，鑽石圖案的硬實地毯也仍清晰在目，還有那老太太一眨一眨，閃著泛紅的棕眼，一邊遞過空茶杯，一邊說到了打雷的事情。她老是見到坎特伯里，見到大片的雷雲，到處鉛白色的蘋果花，以及長排的灰黑建築物背面。

響雷把她從中年的過度冷漠昏暈中震醒。「說吧，史丹利，說吧，」她對自己說，這個人，不能讓他像其他人一樣，由於自己這個虛假的假想，而從我身邊溜走。我要告訴他真相。

「我喜歡坎特伯里，」她說。

他馬上興致高昂。那是他的天分，也是他的缺失，更是他的命運。

「喜歡坎特伯里，」他重複她的話。「這個我看得出來。」

她的觸鬚送回了信息，告訴她羅德瑞．西爾這個人還不錯。

他們四眼相遇，或是說四眼相撞，兩人都覺得，在眼光背後，有個孤單隔世的人靜坐在黑暗中，他那頭腦膚淺，但動作敏捷的同伴卻是又翻滾又召喚的，單獨一人把戲演唱下去，突然間靜立不動，甩掉了披風，面對對方。那很嚇人，但也很奇妙。他們都上了點年紀，人已磨得閃閃發亮，光滑平穩，因此，羅德瑞．西爾一季可能去上十一、二次的派對，也不會覺得有什麼不對勁，最多不過有點感傷的抱憾罷了。他還喜歡美麗的意象——例如這個盛開的櫻花樹意象——但在他內心，一直存在著一股高人一等之感，覺得他的機智尚未打開閘門，未派上用場，因而他回到家時，總是對生活不滿，對自己不滿，內心空虛，頻頻打哈欠，喜怒無常的。然而現在，猛然間，像霧中霹靂（但這個意象無可避免跟著要產生閃電，它隱約可見），就這麼發生了；舊日的狂喜忘形；難以克服的襲擊；那種感受並不好受，但也叫人歡喜，使人重返青春，讓血脈、神經注滿冰線火絲。那很嚇人。「我說的是二十年前的坎特伯里，」安寧小姐說，就像是在強光上鋪了一層遮幕，又或在火紅的桃子上蓋了一張綠葉，因為那實在太強，太熟，太滿了。

有時候她希望自己已婚。有時候這種冷靜安詳，自動保護身心免受傷害的中庸生活，和響雷，和坎特伯里的鉛白蘋果花相較起來，她感到有些卑劣。她可以想像某些不同的情況，那更像閃電，更加強烈。她可以想像某種肉體上的快感。她可以想像——

然而，奇怪得很，她從前也沒見過這個人，但她的感官，那些東西顫一下，西翹一下的觸鬚，現在不再送回信息，只是靜悄悄地躺著，彷彿她和西爾先生相識甚深，兩人甚且緊密相連，只須並排沿著這條小溪漂流下去就行了。

一切事情當中，她心想，最奇怪的莫過於人際之間的交流。她此時最討厭的就是激烈且激情的愛，因為那既善變又極不理智。她不想使用「愛」這個辭，但它自然出現腦中。她又想到，人的腦袋可真難懂，使用少少幾個字辭，卻要表達那一切奇妙的感受，表達那一下痛苦，一下快樂的感情。一個辭語怎麼辦得了那麼多呢。她這時想到的就是，人際感情的撤退，西爾的消失，以及兩人都急於掩藏的人性中那荒蕪且卑下的一面，都想設法得體地加以埋藏，不讓人看見——這種撤退，這種信心的破壞，以及尋求某種大家都認可的，大家都接受的得體掩藏方式，她於是說：

「當然囉，不管他們搞些什麼，總破壞不了坎特伯里。」

他笑了。這個，他可以接受。他兩腿交換了相疊的姿勢。於是，事情了結了。而兩人全身即刻湧上一股令人麻痺的空虛感，腦袋中爆發不出任何東西，腦壁彷似石板，空虛感幾乎刺人心弦。他們眼睛茫然，定定望著同一地方——某個圖案，什麼煤箱的——看得那麼準確，準確得叫人害怕，因為沒有任何情感，任何思想或想法會來將之加以改變、修裝飾，因為感情的泉水似乎封閉了，同時，隨著腦筋的僵化，身體也僵直，如雕像一般。西爾先生和安寧小姐既動彈不得，也說不出話來，而當米拉．卡萊特拍拍西爾先生的肩膀時，他們覺得她彷似施法者那樣釋放了他們，彷似春天在他們每條血脈中灌注了生命之流。卡萊特小姐淘氣地說：

「我在名歌手俱樂部看見你，你卻裝作不認識我。你這壞蛋，」她說，「你不值得我再理會你。」

於是，他們可以就此分手。

總結

既然室內又熱又擠，既然這種潮溼的夜晚也不會有什麼危險，既然中式燈籠彷似紅綠水果般在醉人的樹林深處高掛，伯崔・普查德先生於是領了拉薩姆夫人到花園去。

戶外的空氣，以及室外的感覺叫莎夏・拉薩姆有點迷惑。她人長得高大，俊美，樣子有幾分慵懶，在宴會上，她的出現已夠尊貴，縱使在不得不開口說話時，人們也絕不會感到她說話能力嚴重不足，欠缺圓滑。儘管如此，她還是很高興和伯崔在一起。他即使人在戶外，也絕對擔保話不停口。誰要能把他講的話寫下來，那可了不起——他的話，不但無關緊要，且彼此之間毫無關連。說真的，誰要能拿支鉛筆，把他的話一字一字寫下——一個晚上下來足以編成一本書——而看過之後，沒人會懷疑這可憐的傢伙不是個智商低弱的人。然而事情絕非如此。普查德先生是位受人敬重的公務員，且還是第三等巴斯男爵。更奇怪的是，他幾乎是人人喜愛。他的聲音中有種音調，某種的重音或強音之類的；他那不協調的思想中有種光彩；他圓滾滾胖嘟嘟的棕色臉孔和紅胸知更鳥的體型，散放著某種的氣息；有股非物質、不可捉摸的東西在他身上存在，茁壯，且與他的話語分開，獨立存在，事實上，有時還是相互對立的。因而，當他滔滔不絕地聊到他在得文郡的旅遊，聊到客棧、女房東，聊到阿狄、阿肥，聊到母牛、夜間旅遊，聊到奶油、星星，聊到歐陸鐵路、全英火車時刻表、捕捉鱈魚、感染傷風、流行感冒、風濕病、詩人濟慈時，莎夏・拉薩姆心中自想自的——在他說話時，理論上她把他想成一個與他所說的話完全不同的人，而那才是真正的伯崔．普查德，儘管沒人能證明這一點。誰能證明他是個忠誠的朋友，且極富同情心呢，而且——然而，情況常常如此，在和伯崔．普查德談天時，她總是忘了他的存在，想到別的事情去了。

她這時抬頭看著天空，思路牢牢給套住，她想到的是夜晚。驟然間，她聞到了鄉間的味道，星光下陰暗的田野的寧靜，即使人在這兒，在達勒威夫人的後花園，在西敏寺區，她這位在鄉間出生，長大的人，也感受到了那份美，或許是由於對比的關係吧；在鄉間，空氣中聞到的是乾草味，然而在身後的房間裡，充滿的是人。她走在伯崔身邊，走路的樣子有點像雄鹿，腳踝稍稍彈起，身體扇動，莊嚴，沈靜，感官全部豎起，耳朵翹高，鼻嗅空氣，儼然什麼自律極佳的野生動物，對夜晚充滿了喜悅。

「這個，」她心想，「可是最了不起的奇蹟，人類最偉大的成就。這地方本來是杞柳樹園，輕舟泛划的沼澤，現在是這個模樣。」她想到的是那座乾燥，堅厚，結構優良的屋子，屋裡擺滿貴重物品，人來人往的，熱鬧烘烘，相互表達觀點，相互激勵。而克瑞絲．達勒威在夜晚的荒野上開放其房子，在沼地上鋪砌了石頭。他們走到花園盡頭（其實花園並不大），兩人在折椅上坐下來。她望著房子，帶著景仰，熱切的眼光，彷彿有支金箭貫穿她，形成了淚珠，帶著深刻的感恩之情掉落。她雖內向，平日猛然間面對陌生人時，幾乎說不出話的，但基本上，她人很謙虛，十分懂得賞識別人。如果能夠與別人一樣，那該是很奇妙的事，然而她做不了別人，只能坐在這室外花園，默默地，熱切地讚揚那個她被排除在外的人際社會。讚頌的陳腐詩句湧上她的唇間：他們可佩，美好，尤其是，勇氣可嘉，是夜晚與沼地上的勝利者，倖存者，探險者之伴，面對危險出發，勇往向前行駛。

由於什麼惡運的作弄，她無法參與他們，只能坐在那兒讚嘆，而伯崔繼續滔滔不絕，他是航行者當中的一員，是個服務生還是普通船員——是個爬上船桅，開心地吹口哨的人。她就是這麼想啊想的，而就在她讚佩屋子裡頭的人之時，前方有棵樹的樹枝浸泡水氣久了，吸滿了水分，滴下金黃色的水珠；它或許是筆直地在站哨。那旗子飄揚的桅桿——它也是英勇、喧鬧者中的一分子。牆邊有個什麼大桶，她也把它算在內。

伯崔坐立不安地，突然有股衝動想探視園外的庭院，於是跳上一堆的磚頭，往花園牆外望。莎夏也往外望。她看到了一個水桶，還是一隻靴子什麼的。幻想瞬間消失了。倫敦又出現了；漠不關心，不具人性的茫茫世界；公共汽車；建築物；酒館門口燈光；張嘴打哈欠的警察。

伯崔的好奇心已滿足，而沈寂片刻之後，他噗噗的談話之泉亦已補足能源，因此多拉了兩張椅子，邀請某某先生、夫人坐下。於是，他們又坐在那兒，望著同一間房子，同一棵樹，同一個大桶，只是在看過了牆外的世界，瞥了一眼那個水桶，又或是見到了我行我素，漠不在乎的倫敦之後，莎夏無法再在世界上噴灑黃金的雲霧。伯崔負責說話，而某某夫妻——說什麼莎夏也記不起來他們究竟是姓華萊士，還是姓佛利曼——他們負責回答。他們的話穿過薄薄一層金黃的煙霧，掉落在乏味的日光之中。她看看那乾燥的，堅厚的安女王朝代式的房子；她盡其所能去回憶中學教科書上有關桑泥沼澤島的描述，以及輕舟裡的男人、蠔、野鴨、霧氣等等細節，但對她來說，那似乎該是屬於渠道設施和木匠的事，然而這個派對——只不過是一堆穿晚禮服的人罷了。

於是，她問自己，「哪個觀點才是真實的？」她看得見那個水桶，也看得見半亮，半暗的房子。

她問了那位某某人士這個問題，她是很謙虛地利用別人的智慧和力量去組成這個人的。答案通常都是意外出現——她很清楚她那隻老獵犬搖擺尾巴的回答方式。

那棵樹，現已剝光了金箔和華麗，變成一棵田野之樹——沼澤地上唯一的一棵樹，它似乎提供了答案。她常看到這棵樹，看到樹枝間泛紅的彩雲，看到月亮從中鑽出，投射銀白色不規則的閃光。可是答案是什麼呢？啊那靈魂——她意識到體內有個什麼東西在移動，在尋找出路想逃跑，她姑且稱之為靈魂——它天生不和人配對，是隻寡婦鳥，高高棲息在那棵樹上。

而伯崔，他把手臂圈住她的，樣子很熟絡，因他認識她已認識了一輩子，他說他們沒盡客人的責任，該進去了。

就在這個時刻，從哪條後巷還是哪家啤酒屋響起了個聲音，是個尖叫聲，大叫聲，分不出性別，分不出語義，嚇人得很，可也習慣得很。那隻寡婦鳥，受了驚嚇，飛走了，繞著圈子一圈又一圈地飛，越繞越大，終於變得（她稱之為她的靈魂的）遙不可望，就如同一隻被人扔了石頭，受了驚嚇飛入天空的烏鴉。

FC0001

是星期一還是星期二 Monday or Tuesday

定價：200元

關於作者

維琴尼亞・吳爾夫（Virginia Woolf ， 1882-1941），作品實驗性強，求新心切，曾有數次精神崩潰，而揮之不去的戰爭陰影，更常在她作品中浮現。於1941年投河自盡。吳爾夫重要的長篇意識流小說包括：《自己的房間》、《達勒威夫人》、《燈塔行》、《浪》等，堪稱現代女性主義巨擘。她的《自己的房間》也成了女性主義必讀讀本。

關於譯者

范文美，曾任教於香港浸會大學英文系，教授翻譯習作，翻譯知識各科目。主要著作及譯作有《贖罪》、《翻譯再思：可譯與不可譯之間》等十餘種。

書中的十七篇故事帶有很強的實驗性；不刻意描述人生的片段，刻劃的不局限於生活的一鱗半爪，或甚至靈光乍現的吉光片羽。就主題而言，涵蓋的是個人周遭生活瑣事所引發的種種遐想，遐想所涉可為身邊小事，也可遠及天下大事。

吳爾夫的短文小說談的大抵是私人的體驗，而不是公眾經驗，使用的語言饒富個人的實驗，嚴格說也不算是公眾語言，用的是所謂的「私密的語言」或「小語言」，有時幾乎是一種「非人類的聲音」，也唯因如此，說她在主流小說之外另闢蹊徑，其實也不為過。這個集子其實有不少的故事，探討私人的經驗，並暴露內心與外界的落差。＜是星期一還是星期二＞表面描述一隻蒼鷹掠過田野，充滿疑惑，無法掌握世界，它的困境與人的心智活動並無二致，而外界的奧秘是無法盡窺的；也就是說，事實(facts)與真理（truth）不必然相同。儘管如此，人終歸還是要活在當下，而掌握此時此刻的精髓，無疑也賦予生命某種的圓滿。

透過本書，可以看見吳爾夫的現實、語言，甚至自我互動、掙扎的心路歷程。而我們在閱讀之際，不免也會受到衝擊，進而對一向視為理所當然的現實、人際關係，自我的內心作一反思。細心體會，甚至還會體會在觀察事物、再現事物的模式其實都有再加考慮的餘地。

FC0002

一封未投郵的情書 An Unposted Love Letter

定價：240元

關於作者

朵麗絲・萊辛（Doris Lessing ， 1919~），1919年出生於伊朗。於1950年出版第一部小說《青草高歌》（*The grass is singing*）。萊辛作品計有十數部長篇小說，七十多則短篇小說，二部劇本，一本詩集，多本回憶錄和論文集。作品中以《金色筆記》（*The Golden Notebook*）最負盛名。另以筆名珍・薩姆斯（Jane Sommers）發表過作品出版。

關於譯者

范文美，曾任教於香港浸會大學英文系，教授翻譯習作，翻譯知識各科目。主要著作及譯作有《贖罪》、《翻譯再思：可譯與不可譯之間》等十餘種。

萊辛的作品廣受學術界注意，早在一九七一年現代語言學會(MLA)的年會上已有專題研討會討論她的作品，一九七六年出現第一部以她的作品為題的博士論文，一九五七年迪・斯陵民創辦朵麗絲・萊辛專刊，到了七〇年代末，在美國已有三十五篇博士論文研討她的作品。

如果要說這是一本女性主義的小說，當然是一種主題意識清楚而正確的說法。但是這樣的說法，對於一本小說而言，是不是也代表一種負擔，一種給作者讀者都戴了大帽子的負擔？因此，我們在討論這本小說的時候，應該更正確的說，這是一本隱藏著女性意識，而讀起來是一本精彩且好讀的小說。

……其中的角色在在存在的虛無之感。因此在讀了這些故事之後，有的讓人唏噓惆悵；有的讓人感傷無奈；有些讓人驚駭不已的。一篇又一篇，深刻的寫出女性的自覺、歡樂、悲哀、無奈。我們看到她所描述的男人，大多在驚覺他的妻子或女友的改變之時，心情上是「一心在想如何處理這個讓他害怕的妻子」的忐忑不安，對於那個最感親密的女人，卻有著「那個他再也不敢進去的世界」的驚恐。

FC0003

我如何最終把心給丟了 How I Finally Lost My Heart

定價：240元

關於作者

朵麗絲．萊辛（Doris Lessing ， 1919~），1919年出生於伊朗。於1950年出版第一部小說《青草高歌》（*The grass is singing*）。萊辛作品計有十數部長篇小說，七十多則短篇小說，二部劇本，一本詩集，多本回憶錄和論文集。作品中以《金色筆記》（*The Golden Notebook*）最負盛名。另以筆名珍．薩姆斯（Jane Sommers）發表過作品出版。

關於譯者

范文美，曾任教於香港浸會大學英文系，教授翻譯習作，翻譯知識各科目。主要著作及譯作有《贖罪》、《翻譯再思：可譯與不可譯之間》等十餘種。

萊辛關心社會、政治問題，對人的問題——個人身分的認定和人的結合，乃至人類的命運，尤其關心。她作品中的主題包括殖民主義、種族歧視、女性主義、政治、戰爭、社會福利、醫療、教育、藝術、成長過程、精神分裂、瘋狂、夢、宗教神祕思想等。

女性問題是萊辛作品中的重要主題之一，不僅討論女性所遭受的不平等，也探討愛情的真義：女性與事業、家庭、婚姻和男人的關係，尤其是女性的成長和省悟，以及女性追求自由的過程。而女人在現實社會壓力之下，如何認定自己的身分（有別於妻子、母親、情婦），乃至如何走出自我，是值得關心和注意的。

書中的短篇小說大多寫於五、六〇年代。有遇人不淑的痴情女，有遭家人遺棄的老婦，有讓男人神魂顛倒的貴婦，因婚姻而喪失創作力的女人，或保持獨立自主的女性。同時也有高高在上，毫無涵養的男人，但他們並不全站在女性敵對者的位置。兩性衝突只因都想把自身的煩惱和創傷扔給對方，卻不會想到主動去接取別人手中握著的心。

FC0004

惡之路 La Via del Male

定價：300元

關於作者

葛拉齊雅・黛萊達(Grazia Deledda ， 1871-1936)生於撒丁尼亞島中央山區，與一公務人員結婚後移居羅馬，努力筆耕之外，持家生子，一生平淡。1926年獲諾貝爾文學獎。1936年去世，遺體運回家鄉安葬。畢生著有長篇小說三十多種，較知名的除《惡之路》外，有《艾利亞斯・波度盧》(1903年)、《長春籐》(1906年)、《風中蘆葦》(1913年)、《母親》(1920年)。1896年的長篇小說《惡之路》，在出版後多次修改，1916年刊行定本，內容幾近全部重寫。台北一方版「世紀文學」系列的中譯本，即以1916年版譯出。

關於譯者

黃文捷，1953年北京大學西語系畢業，即進入中國中央對外聯絡部，主要研究義大利政經問題，1989年退休後從事翻譯工作。

在文學理論與術語氾濫的今日，再讀到《惡之路》，毋寧重新喚起了我們對於小說本質的單純感動。

在這部小說，黛萊達生動描繪撒丁尼亞獨特的婚葬風俗。葬禮時戶戶關窗、家家熄火停灶；哀樂隊詠唱悲傷的輓歌。小說栩栩如生捕捉這些古老的風格，是如此自然樸實，不禁令人想起荷馬的史詩。比起不少作家，黛萊達的小說中人與自然的結合，更為水乳交融，人物彷彿就是撒丁尼亞土壤裡的植物。這些人大多為純樸的農民，感覺和思想像是遠古人物，但又特具撒丁尼亞自然景觀的恢宏。個別人物與《舊約聖經》的重要人物幾乎如出一轍。也許他們與我們一般認識的人物極為不同，但給我們的印象絕對是真實的。

整本小說的場景，置於撒丁尼亞島遼闊的曠野上。宇宙無言，自然嬗遞，而黛萊達也藉由四季的時序，呼應人物命運的轉變。書中主角的愛情，萌芽於夏天葡萄採收的時節，在秋季、冬季時因愛的渴望，而飽受煎熬折磨，終於又在收割的季節得以實現愛情，然而緊接著，卻是冬季來臨，背叛、欺騙接踵而至，愛遂死亡於冰封寒酷的大地。四季如是無情循環，而人類困窘的命運，卻也不過如同一株野草，最終都要伏下首去，被大自然的時序所摧毀。 到頭來，一切將如黛萊達在小說中所言：整個景色就宛如一片渺無人煙的荒漠，那裡只有原始的神和史前隱士的幽靈在監視。

FC0005

夏之屋，再說吧 Sommerhaus,später

定價：200元

關於作者

尤荻特・赫爾曼(Judith Hermann)，1970年生於柏林，新聞記者兼自由作家，現住柏林。《夏之屋，再說吧》(*Sommerhaus, später*)係其文學出版品之處女作。

關於譯者

李懷德，1946年生於台灣基隆，德國緬茵茲大學大眾傳播研究所肄業，長於德、英之中譯工作。譯作有《前進克里姆林》、《林白傳》。

本書是短篇小說集結。愛情，時光一去不復返，害怕難過的日子，恐懼生活受困，書中人物都有著歲月從自己身邊溜走的感覺，也都認為自己並不活在現在，而是活在回憶和想像之中。

＜夏之屋，再說吧＞無疑是其中最好的一篇。史坦夢想在東柏林鄉間買一棟大宅第，一棟戰前蓋給有錢人住的夏屋，他的夢想和很多人一樣，擁有一個自己的家，或者，一個家的替代品—「共同住宅」(Wohngemeinschaft)，那便是鄉愁，那可能也是某種對共產時代的鄉愁，但更可能是留給未來的生活藉口。德國統一後，德東有許多那樣的殘垣破壁，也許是德西遺棄了德東，也許德東人也仇恨德西人帶來的城市文化，他們的生存空間急劇消失，而文化已不復存在。敘述者的聲音平鋪直敘，幾乎有點平淡，所描述的生活如此空洞，毫無內容，沒有心腸，而時間一點一滴地消失，什麼都沒發生，在故事中，她不知道史坦愛她，而他在建構一個虛無的夢，故事結局是他等不到他要等的人，他等待的人根本不知道他為她買了那棟隨時可能會倒塌的「夏屋」，當敘述者在家中攤開史坦最後的來信時，她正躺在另一個男人身邊，她才知道：史坦放火將夏屋燒了。一切都沒有發生，生活回歸空無的原狀。

赫爾曼以重複、詩意的語法編織一個個乍看平凡無奇的故事，並以不明確的生活動機來結構故事，人物無論經歷悲劇與否，性格都簡單不複雜，所呈現的生活片段凝聚而成的便是德國現代社會的面貌，一只文學的萬花筒，精采，有著各種可能性。尤荻特・ 赫爾曼的《夏之屋，再說吧》耐人尋味，值得一讀再讀。

國家圖書館出版品預行編目資料

是星期一還是星期二 / 維琴尼亞・吳爾夫
(Virginia Woolf) 作 ; 范文美譯. — 初版. —
臺北市 : 一方, 2003 [民 92]　面 ;　公分.
— (世紀文學 ; 1)
譯自 : Monday or Tuesday
ISBN 957-28276-3-4 (平裝)

873. 57　　91021687

iFRONT

iFRONT

iFRONT

iFRONT